"집은 있지만
돌아가고 싶지 않아."

카미키 아야노
Ayano Kamiki

17살 현역 여고생. 하루후미의 착각으로 인해,
그의 집에서 동거하게 된다.

쿠로모리 시오리
Shiori Kuromori

19살 현역 여대생.
입주할 곳을 구할 때까지
하루후미의 집에서
동거하게 된다.

"오랜,
만이네요……
하루후미 씨."

타니가와 하루후미
Harufumi Tanigawa

26살. IT 기업에
근무하는 바쁜 회사원.

"아,
이거 즉시
체포감인데."

"아저씨 만두는 왜 이래?"

"아무 문제도 없다만?"

"아니, 보통 주름이 있잖아, 만두엔."

"맛은 똑같아. 게다가 여고생 너도 남 말 할 처지는 아니네.
거기 찢어졌잖아."

"아, 진짜네. 그래도 만두소가 많아야 맛있잖아."

"그건 그렇지."

"저, 두 사람 다…… 제대로 알려 드릴 테니까요……"

CONTENTS

역도보7분 1DK。 여대생、여고생 포함。①

장 볼 것

가연성 쓰레기 / 매주 수요일, 토요일

불연성 쓰레기 / 첫째 주 월요일, 셋째 주 월요일

페지·판트병 / 매주 월요일

배추, 당근, 무
샴푸, 쓰레기봉투

◯ 프롤로그

스스로도 이상한 상황이라고 생각했다.

"왼손은 가볍게 말고, 칼은 누르기보단 당긴다는 느낌으로⋯⋯."

"응? 이렇게?"

자신의 집 주방에서 여대생과 여고생이 요리 교실을 열고 있다. 검은 롱 헤어의 여대생이 밝은 머리의 여고생에게 기초를 가르치고 있었다. 현재 진행형으로.

"네. 그리고 당근 꼭지는, 먹지, 않아요⋯⋯."

"어, 아깝지 않아?"

"아까운 건⋯⋯ 아니, 에요."

나는 소파에 드러누운 채 두 사람의 모습을 바라보다가 들고 있던 책으로 시선을 떨궜다.

책의 표제에는 이런 문장이 적혀 있었다.

『스트레스 원인의 90%는 타인이다!』

상사에게 추천받은 수상한 자기계발서다.

이 기술이 사실이라면 혼자 사는 것이 가장 좋은 생활 방식이라는 결론이 나온다. 타인과 함께 사는 것은 스트레스 쌓이는 우울한 생활이고, 결혼은 곧 인생의 막장이다.

그러니, 이 논리로만 따진다면.

여고생&여대생과 동거하는 나의 상황은 거의 죽음에 근접하고 있다.

사회적으로 반쯤 죽어 있는 존재.

사회적 워킹 데드라고도 부를 수 있는 존재다.

그런 사회의 걸어 다니는 시체가 된 나는 손에 쥐고 있던 책 한 권을 그대로 포기했다. SF 작가 시어도어 스터전도 이렇게 말했다. 『어떤 장르든 그 90%는 쓰레기다』라고. 쓰레기까지는 아니지만 이 책에서 교훈을 얻을 수는 없을 것 같았다.

나는 책을 덮고 앞치마 차림의 2인조를 다시 구경하기로 했다.

"앗…… 당근 껍질은…… 필러를 쓰는 게 좋을 것 같아요."

"필러라면, 이 면도기 같이 생긴 거?"

"저기, 네……. 아, 감자도, 싹은 제거할까요……."

"엑, 감자에 싹이 있어?"

뒷모습만 보면 사이좋은 자매 같다.

참고로 나중에 맛보기를 부탁받은 입장에서 감자의 싹은 꼭 떼어줬으면 좋겠다. 타인이 스트레스의 원인인가는 둘째치고, 싹을 먹으면 틀림없이 식중독의 원인이 된다. 맛보기가 아니라 독 체크를 하는 사람이 될 거다. 아니, 독 체크 이전에 그냥 독을 직접 먹는 셈이었다.

"거기 두 사람. 일단 먹을 수 있는 걸로 부탁합니다."

"오케이, 각오하라고. 근데 이 잎사귀는 뭐야? 잡초?"

"그, 그건…… 워, 월계수 잎이라고 해요……."

"사고만, 사고만 내지 말아 줘."

나는 흐뭇하긴 하나 살짝 등골이 오싹해지는 요리 풍경에서 눈을 돌렸다.

바라건대 부디 맛있는 저녁 식사가 되기를.

아니, 적어도 건강에 해를 끼치지 않는 식사라면 괜찮다.

자칫하다간 걸어 다니는 시체가 아니라 그냥 시체가 될 테니까.

애초에 독신 남성의 집에 왜 여고생과 여대생이 있는 것인가.

사태의 발단은 봄의 골든위크 이후로 거슬러 올라간다.

제 1 화 ○ 아사가야 워킹 데드

올해의 골든위크에도 나는 본가로 내려가지 않았다.

비용도 비용이지만 격무를 끝낸 직후라 푹 자고 싶었기 때문이었다.

사실상 돌아간다 해도 얼굴을 내밀 곳이 없었다.

대학 졸업 후 일에 몰두하느라 놀자는 권유도 거절하고 연락 무시를 반복한 결과 고향 친구와의 교제는 끊어진 지 오래였다.

돌아가 봤자 똑같이 잠만 잘 뿐이다. 그럴 거라면 오카야마의 시골 마을이나 아사가야의 1DK*나 그게 그거였다. 아니, 비용이 드는 만큼 오히려 오카야마 쪽이 마이너스다.

성가신 사태가 일어난 것은 어쩌면, 그렇게 불효자처럼 득실을 따진 탓일지도 모른다.

골든위크에서 며칠이 지난 목요일, 어머니로부터 메시지가 왔다.

『하루후미네 집, 넓지 않았냐?』

내가 그 짧은 문장을 읽은 것은, 저녁 퇴근길에서였다.

스마트폰을 바라보며 자신의 주거 환경을 떠올려 보았다. 내 느낌으로만 말하자면 혼자 살기에 다다미 8장(약 4평)짜리 방에 주방이 딸린 집은 넓은 편이다.

연줄을 통해 저렴하게 소개받았지만 혼자 살기엔 원룸으로도

*일본의 집 구조. 방 1개에 주방(Kitchen), 거실 겸 식사가 가능한 다이닝(Dining room)이 따로 존재한다.

충분하다. 잠을 자기 위해서 집에 들어가는 생활이라면 솔직히 다다미 6장(약 3평)짜리 방으로 충분했다.

그러니 넓다고 대답해도 상관은 없었다.

다만 질문의 의도를 모르는 한 대답하고 싶지 않았다.

어떤 귀찮은 일을 떠맡을지 알 수가 없다.

『아는 애 좀 잠깐 맡아주지 않을려?』

읽고 무시했더니 연달아 메시지가 날라왔다.

의도는 알았으나 고민이 되었다. 아는 애가 누군데.

고민하는 사이 핸드폰이 울렸다.

어머니였다. 조금도 기다리지 못하는 사람. 전화를 받았다.

『쿠로모리 씨네 애가 지금 도쿄에 있다는디, 이사할 곳 찾을 때까지만 맡아줄 수 있겠냐?』

"쿠로모리 씨네 애라면 여자애 아니야?"

『시오리 말여. 여자애 맞지.』

쿠로모리 집이라면 우리 집인 타니가와의 이웃집이었다.

어머니끼리 사이가 좋았던 영향으로 쿠로모리 집안의 외동딸인 시오리와는 나도 면식이 있었다. 가끔 놀아줬던 기억도 있다. 분명 나이가 일곱 살인가 여덟 살 정도 차이가 났었다. 내가 스물여섯이니 지금은 대학생 정도겠지.

──쿠로모리 시오리.

그 이름을 듣고 떠올린 것은 그녀의 초등학교 시절 모습이었다.

소극적인 성격의 여자아이였다.

말수가 적고 웃을 때도 남의 눈치를 살피며 웃는 아이.

긴 앞머리 안쪽에서 이리저리 눈이 굴러다녔다.

내 방에서 같이 게임을 하면서 동생처럼 여겼던 적도 있었다. 다만 어느 새부터 우리 집에는 놀러 오지 않게 되었다. 나한테 부족한 부분이 있었던 걸까. 아니, 단순히 또래 친구가 생겼던 것뿐일지도 모른다.

"방 공간은 여유가 있긴 한데……."

물리적인 문제는 없다. 하지만 그런 식이면 중세의 노예선도 물리적인 문제는 없다. 노예선이 문제가 없다고 주장했다가는 인도적 문제로 매장당할 것이 분명했다. SNS에서 뼈도 못 추리고 탈탈 털리겠지.

나는 백골로 남은 스스로의 모습을 상상하며 어머니에게 되물었다.

"괜찮은 거야? 어쨌든 젊은 남녀 둘이 지내는 건데."

『안 괜찮을 건 뭐여. 그쪽에서도 좋다고 했다는디?』

그쪽에서 "좋다"고 한 건가.

나는 잠시 생각했다. 좋다고 말했다면 별로 상관없으려나.

어차피 잠만 자는 곳이다.

특별히 주변에서 의리가 두텁다거나 참견을 잘한다는 말을 듣지는 않지만 장소를 빌려주는 것을 꺼릴 정도로 속이 좁지는 않다. 어머니에 대한 불효라는 빚도 있었다.

"──그래서, 언제부터?"

『내일.』

"엄청 갑작스럽네."

『뭐여, 안 돼?』

"상관은 없지만. 아, 근데 내일도 집에 늦게 오는데."

『그려? 니 혹시 지금 퇴근하는겨?』

"이제 곧 도착해. 그러니까 열쇠 있는 곳만 얘기해 줘. 집 앞 화분 밑에 여벌 열쇠 놔둘 테니까. 알아서 들어가라고 해."

『그래, 알았다. 그럼 허락한 걸로 알고 있을께. 니도 무리하지 말고.』

엄마는 전화를 끊었다.

나는 핸드폰을 주머니에 넣었다. 마침 집 앞이었다.

열쇠를 꺼내 현관문을 열고 집으로 들어갔다.

불을 켜고 방을 한번 둘러보았다.

소파와 낮은 탁자, TV와 TV 받침대. 먼지를 뒤집어쓰고 있는 게임기 여러 대.

그리고 걷히기만 한 채 개어지기를 기다리는 빨래들. 쌓여있는 소설과 신간 서적으로 만들어진 탑이 몇 개. 마지막으로 청소기를 돌린 게 며칠 전이었지?

내일도 출근이지만, 그렇다고 이대로 놔둘 수도 없었다.

일단, 청소부터.

○

"……더럽게 피곤하네."

전날의 예상대로 나는 늦은 시간에 회사를 나왔다.

자택과 가장 가까운 역에 도착한 것은 오후 11시.

이 시간대의 나는 일에 대한 피로와 수면 부족으로 판단력이 현저하게 흐려진다.

아사가야역에서 내려야 했는데 한 정거장 지나친 오기쿠보에서 내려버렸고. 정기권은 개찰구에 찍은 후 주머니에 넣지 못하고 바닥에 떨어뜨렸고. 마지막에는 떨어뜨린 정기권을 줍기 위해 허리를 굽히려다 정기권 케이스를 발로 걷어차 버렸다. 뻗은 오른손이 목표를 잃고 허무하게 방황하고 있다. 보는 대로 뇌가 제 기능을 못 하고 있었다.

"……하아."

"자, 타니가와 씨."

이름을 부르는 소리에 허리는 굽힌 채로 땅을 향하고 있던 시선을 들었다.

스커트 사이로 드러난 새하얀 허벅지가 눈에 들어왔다.

조금 더 시선을 올렸다.

여자아이가 내가 떨어뜨린 정기권을 내밀고 있었다.

학교 교복처럼 보이는 블레이저를 걸친, 밝은 머리색을 가진 여자아이.

여고생인가, 아니면 그런 종류의 유흥업소 직원인가. 두 가지 중 고르라면 아마도 전자. 세월을 탄 것 같은 교복이나 치마 사이로 보이는 건강한 허벅지를 보니 진짜 같았다. 그런 것을 생각하고 있는 나는 현역 여고생 감정사라도 되는 건가.

아니면 그건가.

허벅지로 여성의 나이를 읽을 수 있는 이능력자인가.

그런 놈은 하루빨리 감옥에 처넣는 편이 좋을 것이다.

아니, 지금 생각할 것은 그런 것이 아니었다.

나는 움직이지 않는 뇌로 몇 초 더 생각했다. 일단 "왜 이 시간에 여고생이?"라는 의문. 이어서 "지금, 내 이름을 불렀지?" 하는 생각까지.

"저기요~ 타니가와, 하루후미 씨?"

여고생이 정기권을 팔랑거리며 고개를 갸웃거렸다.

내가 아는 사람 중에 이런 여자아이가 있었나.

전혀 기억에 없었다.

하지만 내 이름을 알고 있다. 그것도 풀네임으로.

잠시 생각하는 동안 나는 내가 무슨 오해를 했는지 깨달았다.

나이 차가 일곱 살 내지 여덟 살이라고 기억하고 있었다.

그래서 여대생인 줄만 알았는데, 8살 차이라면 아직 여고생일 수도 있었다.

열여덟 살이면 올해 3학년으로 아슬아슬하게 여고생이다.

즉, 그녀가 바로 쿠로모리 시오리인 것이다.

마지막으로 만난 지 벌써 5, 6년이나 지나서 알아보지 못했다.

"아아, 오랜만이야."

"응?"

"아, 근데 연락 못 받았어? 먼저 들어가 있어도 된다고 했는데."

"연락? 아니, 없었는데?"

"뭐 하는 거야, 그 양반은."

어머니라도 이런 보고는 철저히 해줬으면 좋겠다. 어쩔 수 없지.

"늦어서 미안해. 그럼 갈까."

"어, 아아, 응. 어디로?"

"음? 머물 곳이 필요한 거지?"

"아, 응. 그렇긴 한데."

"얘기는 들었으니까 필요한 만큼 미물리도 돼. 그리고 정기권 고맙다."

"아, 응. 천만에."

나는 그녀에게 정기권을 받아들고 집을 향해 걷기 시작했다.

여고생은 잠시 그 자리에 멈춰있더니 내 손짓에 쭈뼛거리며 따라왔다. 이때, 맛이 간 내 뇌 속에서는 정말이지 아무 상관도 없는 것으로 동요하고 있었다.

『시오리, 갸루*가 됐어…….』

나는 말 없는 여고생에게 날씨 같은 시시한 화제를 꺼내며 걸었다. 오늘의 날씨는 흐려서 이야기를 이어나가는 덴 아무런 도움도 되지 않았지만.

여고생은 애매하게 대답하며 앞머리를 만지작거리고 있었다.

서로 간의 어색한 침묵을 느낀 채 집 앞에 도착했다.

나는 열쇠를 꺼내 들었다. 문이 열리며 찰칵, 손에 느껴지는 감각.

다시 생각해 보면 위화감은 곳곳에 있었다.

*화장 등으로 화려하게 치장한 여고생을 의미한다.

『여고생이 혼자서 이사할 곳을 찾나?』

『어머니가 그런 간단한 내용도 전달하지 못했을까?』

『한동안 지내는 것 치고는 짐이 적지 않나?』

그리고, 잠금이 풀림과 동시에 뒤를 돌아보았다.

잡초가 무성한 화분이 놓여 있었다.

『저 화분, 위치가 좀 바뀌지 않았나?』

열쇠를 돌려놓고 문을 열지 않는 나를 여고생이 의아하다는 얼굴로 쳐다보았다.

동시에 나의 피곤한 머리가, 여기까지 와서야 강하게 위화감을 호소하고 있었다. 본래라면 역에서 이미 확인했어야 하는 것, 오는 길에서 얼마든지 깨달을 수 있었던 것을 이제 와서야 깨달은 것이다.

정말, 시오리가 맞는 것인지를.

다만 여기에 이르기까지 내 뇌는 생각이라는 것을 포기하고 있었다. 평상시 가동률의 10%밖에 움직이고 있지 않았다.

위험을 감지했는데도, 경보를 울리는 기능이 망가져 있었다.

이 대목에서 얻을 수 있는 교훈은 두 가지다.

야근은 악이고, 수면은 중요하다는 것이다.

나는 문에서 한 발짝 물러섰다. 여고생이 이상하다는 얼굴로 고개를 갸웃거렸다.

"왜 그래?"

"저기, 그런데 네 이름이——."

"앗, 어서 오, 세……."

덜컹, 하고 현관문이 열리며 안에서 긴 흑발을 한 여성이 나타났다.

어서 오세요, 라고 하려던 가슴 큰 여성이 도중에 말을 삼켰다.

롱스커트를 입고 서 있는 모습은 품위가 있었고, 굴곡이 풍성한 신체는 세로 줄무늬의 스웨터 너머로도 눈길을 끌기에 충분했다. 주장이 강하다고 할지, 쉽게 말해 엄청 크다. 안경 안쪽의 이지를 담은 눈길이 소심스레 이쪽을 보고 있었다.

그 단아한 분위기는 마치 여대에 다니는 아가씨 같았다. 그런 것을 생각하고 있는 나는 현역 여대생 감정사라도 되는 건가.

아니면 그건가.

가슴둘레로 여성의 나이를 읽어내는 이능력자인가.

그런 놈은 하루빨리 사형시키는 편이 세상을 위한 길일 것이다.

그보다, 가슴둘레를 신경 쓰기 전에 생각해야 할 것들이 산더미처럼 많았다.

"저기, 누구시죠?"

"앗, 저기, 그쪽 분은……?"

동시에 같은 물음을 던지고 있었다.

나는 내 집에서 걸어 나온 긴 흑발의 여성을 보고.

긴 흑발의 여성은 내가 데리고 온 여고생을 보고.

순간 두려운 침묵이 내려앉았다.

"저기, 지금 이거, 무슨 상황이야?"

그리고, 분명 이 혼란의 원인일 여고생도 입을 열었다.

그건 내가 가장 알고 싶은 답이었다.

○

"그래, 이제 알겠어."

몇 번의 대화를 거치고 나서야 상황이 이해되기 시작했다.

여대생과 여고생은 나란히 거실 소파에 앉아있었다. 여고생을 집에 들인 것은 집 앞에서 실랑이를 벌이다가 이상한 소동이 생기는 것을 피하기 위해서였다. 그것이 올바른 행동이었는지는 현재까진 불명. 사태가 더욱 안 좋아진 것 같기도 했다.

나는 두 사람의 맞은편에서, 낮은 탁자를 사이에 두고 책상다리로 앉아 있었다.

긴 흑발의 여대생을 보며 입을 열었다.

"다시 말해, 집에서 기다리고 있던 사람이 진짜 시오리 '짱'인 거군."

"네. 저, 이제, 대학생이니까……『짱』은 붙이지 않아도……."

"아아, 하긴 이제『짱』을 붙일 만한 느낌은 아닌가."

"앗, 저기, 괜찮으시다면…… 시오리라고……."

"알았어. 아무튼 간만이네, 그러니까, 시오리."

내가 그렇게 말하자 시오리가 부끄러운 듯이 고개를 약간 숙여 보였다.

아니면 저것이 그녀 나름의 인사법일지도 몰랐다.

확실히 그녀에게선 옛 모습이 엿보였다. 키도 컸고 체형도 눈에 띄게 어른스러워졌지만, 눈가까지 오는 앞머리나 입가의 점

같은 예전 모습들은 여전했다. 사진을 갖고 있던 것도 아니었기 때문에 이렇게 실물을 보고 나서야 간신히 기억이 떠올랐다.

그리고, 나는 또 다른 한 사람에게 눈을 돌렸다.

그 상대도 신기하다는 얼굴로 이쪽을 보고 있었다.

"──그러니까, 카미키 아야노 씨, 라고 했나."

"응. 카미키, 아야노."

"현재 여고생인 게 맞나?"

"맞는데. 뭐야 이거? 일반인 헌팅 AV 사전 인터뷰?"

나는 탁자 모서리에 머리를 박았고, 시오리는 물음표를 띄우고 있었다.

현역 여고생에게서 나올 수 있는 말이 아니었다.

그보다, 왜 19금일 터인 AV에 대한 지식을 갖고 있는 걸까.

"경험 상대가 몇 명인지, 물어볼래?"

"시끄러워. 입 다물어."

내가 그렇게 답하자 여고생은 "웃긴다"라며 웃어 재꼈다.

본인이 말하고 본인이 웃고 있다. 나와는 맞지 않는 타입이었다.

무슨 말인지 이해하지 못한 것 같은 시오리는 앞머리 사이로 드러난 눈을 내게 향한 채 물었다.

"두 분은…… 정말로, 아는 사이는…… 아닌 건가요?"

"응. 쌩 초면."

아야노라고 밝힌 여고생이 점잖은 척 고개를 끄덕였다.

시오리는 난감한 표정을 지어 보였다. 그럴 만도 하다.

지인 남자가 오랜만에 재회한 현장에 낯선 여고생을 데리고 왔으니 당황할 수밖에 없다. 그 속마음을 짐작하고도 남았다.

"처음 보는 사람은 따라오는 거 아냐."

"아저씨가 재워준다고 했잖아."

"……그렇게 말했나요?"

"오해가 있었어."

"……그렇게 말했군요."

"말했습니다."

어쩐지 내 입장이 상당히 안 좋다. 어째서냐. 여긴 내 집이 아니었나.

특별히 무슨 말을 들은 것도 아닌데 나는 어느새 정좌를 하고 있었다.

시오리는 당황한 얼굴로 질문을 이어갔다.

"……오해라니, 대체 어떤?"

"시오리로 착각했습니다. 역에서 이름을 부르기에."

"아야노 씨는 어떻게, 하루후미 씨의 이름을……?"

"Suica*에 쓰여 있었어."

"그럴 리──."

나는 내 정기권을 꺼내들었다.

기명식 Suica였다.

카드 표면에 본인의 이름이 인쇄되어 있는 타입이다. 자신의 Suica가 기명식인지 미처 눈치채지 못했다. 그런데, 분위기로는 내가 나쁜 놈이 되어 있었다.

*일본의 교통카드.

"아니, 그렇다 해도 왜 따라온 건데?"

"재워주는 거 아니야?"

"집은?"

"있지만, 돌아가고 싶지 않아……."

방 안에 조금 어색한 분위기가 감돌았다. 타인의 가정사는 민감한 문제를 낳기 쉽다. 가볍게 다룰 것은 아니지만 지금은 상황이 절박했다.

나는 현재의 귀찮은 일을 해결하기 위해 어쩔 수 없이 귀찮음에 발을 들였다.

"그렇다는 건 가출 소녀라는 뜻인가?"

"아니거든. 가끔은 돌아가. 학교 가기 전이라든가."

"왜 그냥 돌아가지 않는 건데? 가족 중에 폭력을 쓰는 사람이라도 있어?"

"우와, 델리커시*도 없는 아저씨 같으니!"

"바보 같은 소리. 델리커시라면 메루카리에 팔아치울 정도로 남아돌거든."

"……메루카리에서, 무형의 물건은, 판매할 수 없을 것 같은데……."

"메루카리에 팔기 전에 지금 쓰라고. 완전 쓸 때잖아, 델리커시."

시오리는 고개를 갸웃했고 여고생은 싸늘한 얼굴로 그렇게 말했다.

메루카리. 플리마켓 앱이라 불리는 온라인 쇼핑 사이트다.

*delicacy. 섬세함을 의미.

개인 간의 거래가 기본이기에 드물게 이상한 것이 거래되고는
한다.

아니, 쓸데없는 이야기를 하고 있을 때가 아니다.

안 되겠어. 노동으로 완전히 지친 머리가 무의식중에 현실 도피
를 하려고 했다. 나는 "농담은 그만하고"라며 화제를 되돌렸다.
정작 말을 돌린 건 나였지만.

"어른에겐 말이시, 가출 소녀를 발견하면 마땅한 곳에 연락할
의무가 있어."

"그러니까 가출 아니라고. 아침까지 돌아가지 않는 것뿐이야.
심야 배회."

"마찬가지야. 아동 상담소에 상담해야 하는 항목이잖아."

"에이! 재워주면 좀 어때서. 그쪽의 야한 언니도 머무르고 있
잖아?"

"에엣? 앗, 그, 저는…… 야한 사람이…….."

"하지만 어떻게 봐도 그 가슴에 그 옷은, 노린 것 같은데."

"무슨…… 히익!"

여고생이 옆에 앉은 시오리의 가슴을 움켜쥐었다. 옷 너머로
강조된 그것은 옆에서 봐도 상당한 무게감이 느껴졌지만, 아니
뭐 하는 거야, 이 여고생은.

시오리는 가슴을 감싼 채 휙, 거리를 벌렸다.

나는 시선을 허공에 둔 채 방황했다. 진짜 뭐 하는 거냐.

"시오리가 야하네 마네 하는 얘기는 제쳐두고…….."

"야하지 않아요!"

"아저씨, 대놓고 쳐다보고 있었으면서."

"제쳐두고! 보호자의 허락도 없이 어떻게 미성년자를 재울 수 있겠어."

"아아, 그럼 허락받을게."

여고생은 그렇게 말하자마자 스마트폰을 조작했다.

손가락 끝이 정밀한 기계처럼 섬세하게 움직였다.

잠시 기다리자 '삐롱' 하는 맥없는 전자음이 울렸다.

여고생은 화면을 확인하더니 "자"라고 하며 스마트폰을 탁자 위에 올려두었다.

나는 반신반의하는 마음으로 스마트폰을 받아들고 표시된 메시지를 읽었다.

『잠시 아는 사람 집에서 지낼게』

『마음대로 해라』

화면상에는 그런 짧은 대화가 표시되어 있었다.

이 『마음대로 해라』가 보호자의 말인가. 정말 되는 대로 던진 대답이었다.

"이 아는 사람이라는 게 설마 나 말하는 거냐?"

"맞아~ 이름은 아까 알았잖아?"

"바로 조금 전에 '쌩 초면'이라고 하지 않았습니까?"

내가 갸루의 억지에 질린 표정을 짓고 있는데, 조심스럽게 소매가 당겨졌다.

돌아보니 시오리가 어느새 내 옆에 와 있었다. 가슴을 만져진 충격으로 여기까지 도망쳐 왔나 싶었지만 그건 아닌 것 같았다.

"앗, 저기…… 잠시, 괜찮을까요?"

시오리는 내게 할 말이 있는 것 같았다. 소송을 준비하자는 걸까. 나는 증언대에 서면 되는 건가. 아니면 피고측인 건가. 변호사 사무실의 전화번호를 알아볼 시간은 있는 걸까.

벌벌 떨면서도 나는 시오리와 베란다로 나갔다.

아파트 3층. 구름이 가득 끼어서 여전히 별이 보이지 않는 밤이었다.

뒤쪽을 보니 남겨진 여고생이 따분하다는 듯이 앉아 있었다.

시오리는 신중하게 말을 고른 뒤 입을 열었다.

"저 아이 말인데요…… 그, 오늘만…… 재워주실 수 없을까요?"

"그건 또 왜?"

"이 시간에 외박 연락을 했는데…… 곧바로 허락하는 부모라면…… 두 가지 정도일 거예요. 굉장히 신뢰하거나…… 아예 관심이 없거나…….."

두 가지라고 했지만 실질적인 것은 후자뿐인가.

신뢰 관계가 있었다면 보통은 집으로 들어갔을 것이다. 간단한 이야기다.

"게다가…… 저 아이 상당히, 피곤해 보여요…….."

그녀의 지적에 곧바로 안쪽을 돌아보았다.

소파에 앉아 있는 그녀는 어딘가 멍한 얼굴로 눈꺼풀을 힘겹게 들고 있었다. 나른해 보이는 모습이 당장 쓰러져도 이상하지 않을 것 같았다. 농담을 던져대는 언행 때문에 간과하고 있었는데, 나 이상으로 수면이 부족해 보인다. 게다가 '심야 배회'를 하는데도 '학교'에는 다니고 있다고 했다. 그런 생활이라면 대체 언제 잔다는 걸까. 학교 수업 중? 아니면 보건실?

뭐가 되었든 충분히 쉬지 못하고 있다는 것은 분명했다.

나는 눈을 감고 생각했다. 그리고 결국, 내 윤리관도 하루만 눈을 감기로 했다.

먼저 말을 건 사람은 나다.

"물론 하루후미 씨의 말도, 맞는 말이고…… 죄송해요. 제가, 괜히 주제넘게……."

"일단 보호자의 허락은 받았으니, 즉시 체포는 면하려나."

시오리가 아래로 떨어지려던 시선을 들어 올렸다.

나는 결심을 굳히고 안으로 들어갔다. 시오리도 머뭇거리며 따라 들어왔다.

나는 소파 앞에 서서 내 침실을 가리켰다.

"저기 있는 침실에 이불을 준비해 줄 테니까 두 사람은 그쪽 방에서 자."

"앗, 어, 괜찮아?"

"하룻밤만. 내일이면 내보낼 거고, 필요하다면 적당한 곳에 연락할 거야."

"응."

"그, 하루후미 씨는, 어디에서……?"

"난 소파에서 잔다. 자주 여기서 자니까. 목욕 순서는 둘이 알아서 정해."

나는 그렇게 말하고 옆방으로 향했다. 뒤쪽에서 여대생과 여고생이 목욕 순서를 서로 양보하는 소리를 들으며 침대 옆에 손님용 이불을 깔았다.

그러고 보니, 여고생이 입을 옷이 없다는 것에 생각이 미쳤다.

나는 러닝용 운동복을 꺼내서 거실로 돌아왔다.

시오리만 소파에 홀로 앉아 있었다. 목욕은 여고생이 먼저 하는 모양이었다.

빨리 쉬게 해주고 싶다는 시오리의 배려인 걸까.

그렇다면 운동복은 탈의실에 두고 와야겠다.

나는 운동복을 한 손에 들고 소파 앞을 지나갔다.

시오리가 미안한 얼굴로 말을 걸어왔다.

"저, 조금 전엔…… 죄송해요. 무리한 부탁을, 드려서…….."

"애초에 내가 데려온 거니까. 나야말로 미안해. 처음 보는 애랑 한방에 묵게 해서."

"그건…… 괜찮지만…… 앗, 그 운동복……."

"저 여고생 잠옷. 교복에 주름지면 귀찮을 것 같고."

"그렇다면, 제가──."

시오리가 그렇게 말한 순간, 난 이미 탈의실 미닫이문에 손을 대고 있었다.

마지막으로 한 번만 더 말하게 해 줬으면 좋겠다.

오늘의 나는, 어쨌든 뇌가 맛이 간 상태였다.

"앗."

"음?"

탈의실은 문자 그대로 옷을 벗는 곳이다.

즉, 그곳에 탈의 도중인 사람이 있는 것은 당연한 이치였다.

여고생이 한창 브래지어를 벗고 있는 도중인 것도, 양손을 뒤로 돌린 바람에 가슴에 괜히 더 시선이 쏠리는 느낌인 것도, 적당한 살집에 늘씬하게 뻗은 다리나 모델처럼 곱게 잘록한 허리를 드러낸 것도, 의외로 나이에 어울리는 아기자기한 속옷이 그대로 보이는 것도 모두 그녀의 잘못이 아니었다.

왜냐하면 탈의실이니까.

그러니까 사실 그녀가 뺨을 붉히며 부끄러워할 필요는 없었다.

여자가 들어 있는 탈의실에 남자가 들어간 것이 더 몰상식한 것이다.

부끄러워해야 하는 것은 몰상식한 쪽이었다.

그보다 이 경우엔, 수치를 알아야 하는 것은 내 쪽이었다.

"아, 이거 즉시 체포감인데."

"아저씨, 일단 뒤로 돌아."

"네."

나는 운동복만 내려놓고는 탈의실을 나왔다.

몇 초 동안, 멍하니 서 있었다.

뒤늦게 정신을 차리고 나무 바닥에 푹 엎드린 채 죽을 만큼 반성했다.

"큿, 으으, 으으으……."

스스로의 과실을 견디지 못한 채로 신음하고 있는데, 시오리가 "고생하시네요……?"라는 미묘한 배려와 곤혹스러움이 담긴 목소리로 격려해 주었다. 참고로 이 사건에 대해서는 여고생의 제의로 "비싼 아이스크림을 사 온다"는 방향으로 타협에 성공했다.

아, 그리고.

이건 뜻밖의 수확이라고 하기에도 애매한 이야기지만.

여고생의 알몸에, 멍이나 다친 흔적이 없었다는 것만큼은 다행인 일이었다.

제 2 화 ⭕ 심야 배회의 끝

혼란스러웠던 하룻밤이 지나고, 토요일 오전 9시.

커튼 사이로 들어오는 아침 햇살에 침실의 먼지가 비친다. 그 침실에서는 상쾌한 휴일의 시작을 알리듯 삐삐, 삐삐, 전자음이 울리고 있었다. 하지만 애석하게도 자명종의 알람 소리는 아니다.

나는 체온계를 받아들고 표시된 숫자를 확인했다. 38.7도인가.

"여고생, 보험증은?"

"으응~."

이불 속의 여고생은 붉어진 얼굴로 신음할 뿐이었다.

오늘 아침, 소파에서 눈을 뜬 나는 어젯밤에 있었던 이런저런 일들을 떠올리며 머리를 쥐어뜯고 있었는데.

"하, 하루후미 씨……"라며 창백한 얼굴을 한 시오리가 침실에서 나왔다. 사정을 듣고 침실을 들여다보니 여고생의 얼굴이 빨갛게 익어 있었다.

"원래 토요일에도 병원 문 열었지……."

몸이 튼튼했던 덕분에 최근 몇 년 동안 병원 신세를 진 적은 없었다.

나는 스마트폰으로 근처 병원의 진료 시간을 확인했다.

가까운 병원은 다행히 토요일임에도 벌써 문을 연 상태였다. 택시 회사에 연락을 넣고, 지갑을 청바지 뒷주머니에 쑤셔 넣었다. 여고생의 학교 가방에서 실례를 무릅쓰고 지갑을 꺼냈다. 비난이라면 나중에 들으면 된다.

보험증은, 좋아, 있군.

이름 칸에는 『카미키 아야노(神木彩乃)』라고 쓰여 있다. 한자로는 이렇게 쓰는 건가. 내가 보험증을 확인하고 있는데 거실 쪽에서 시오리가 걱정스러운 얼굴로 이쪽을 들여다보았다.

"저, 열은…… 좀 어떤가요?"

"꽤 높아서, 지금부터 병원에 데려가려고."

"으응, 시러～."

"그렇게는 안 돼. 아쉽지만."

아야노는 열에 들뜬 것인지 이불을 뒤집어쓰고 떼를 쓰고 있다.

시오리와 함께 그녀를 달래고 있는데 택시 기사의 전화가 왔다. 차가 밑에 도착한 것 같았다. 나는 아야노를 흔들었지만, 둥글게 말린 이불은 움직일 생각을 않는다.

"으으～."

"무리해서 걷게 할 필요는 없으려나. 시오리, 현관만 좀 열어줄래?"

"아, 알겠어요……."

"시러～."

"그러니까, 그렇게는 안 된다고. 잠깐 이동할게."

나는 이불째 아야노를 안아 올렸다.

사람을 안는 것이기에 힘을 줬지만, 여고생은 생각보다 가벼웠다. 그리고 생각보다 흐물흐물했다. 골격이 작고 물주머니처럼 따뜻한 느낌이다. 종합하면 큰 고양이를 껴안은 감각에 가까웠다.

따뜻한 건 열 때문일지도 모르겠지만.

"으응~."

"미안, 좀 흔들릴 거다."

아야노는 팔 안에서 작게 몸을 떨었다.

걸으면서 흔들리는 것이 기분 나쁜 것인지, 편안한 위치를 찾듯이 몸을 꼼지락거린다.

나는 계단을 내려가면서 팔 안의 아야노에게 말했다.

"금방 택시 타니까 조금만 참아."

"으응……."

아야노는 내 팔 언저리를 꼭 잡더니, 밀착한 채로 가슴팍에 얼굴을 묻었다.

그 자세가 가장 편한 것인지 아야노의 신음이 조금 잦아들었다. 동시에 내 쇄골 근처에는 여고생의 머리카락이 닿은 탓에 감귤류의 산뜻한 향기가 훅 끼쳐왔다. 우리 집 샴푸 냄새가 이런 냄새였나. 조금 신기했다.

1층까지 내려와 택시를 탔다.

열린 뒷좌석 문으로 들어가 오른쪽 좌석에 아야노를 놓으려고 했지만 "으응~"거리면서 저항하기에, 어쩔 수 없이 끌어안은 채로 차를 타고 병원으로 향했다. 그리고 병원에서 접수를 마치고 진찰실로 들어갈 때까지, 나는 열에 들뜬 아야노를 계속 안아 들고 있었다.

○

의사에게는 "최대한 안정을 취하세요"라는 말을 들었다.

평범하게 피로와 수면 부족이 원인인 듯했다.

약을 처방받은 뒤 병원을 나왔다.

갈 때와 같이 택시를 불렀다.

나는 보험증에 기재되어 있던 주소로 아야노를 보낼 생각이었다.

집 주소로 봐서는 우리 집과 그렇게 떨어져 있지는 않다.

솔직히 말하자면, 도보로도 갈 수 있는 거리였다.

다만 주소에 적힌 맨션까지 다 가서 도어락에 막혔다. 유리로 된 자동문은 굳게 닫혀 있었고, 초인종을 울려도 반응이 없었다. 부모님은 안 계신 것 같았다. 아무도 없는 곳에 환자를 내팽개치고 갈 수도 없는 노릇이다.

나는 잠시 망설였지만, 결국 다시 아야노를 데리고 돌아가기로 했다.

도중에 편의점에 들러 마실 것과 필요한 것을 사고, 그로부터 몇 분 후 집 앞에 도착했다.

택시에서 내릴 때 아야노는 "으응" 하면서 당연하다는 얼굴로 안아달라고 요구해 왔다. 환자에게 거역할 수도 없는 노릇이라 안아 올리긴 했지만, 여고생의 경계심은 이대로 좋은 것인가.

아야노를 안고 계단을 올랐다.

나는 내일의 근육통을 각오했다. 만성적인 운동 부족이다.

"저, 어서 오세요……."

힘겹게 현관문을 열자 시오리가 마중을 나왔다.

시오리는 무슨 일을 하고 있었는지, 머리를 묶은 채 상의 소매를 걷어 올리고 있었다.

"아아, 어, 돌아왔습니다."

마중에 익숙하지 않은 나는 미묘한 대답을 건네고 말았다.

아야노를 침실까지 데려간 뒤, 시오리가 깔끔하게 정리해 놓은 침대 시트 위에 눕혔다.

"포카리 옆에 놔둘게. 밖에 있을 테니까 무슨 일 있으면 불러."

그렇게 말하며 침실 문을 닫으려고 했더니, 아야노가 "으응!"이라며 화난 어조로 신음했다. 무슨 일인지 곧바로 알 수는 없었으나 아무래도 문을 닫는 것이 싫은 것 같았다.

화내는 기준을 전혀 모르겠다.

요즘 여고생의 취급 설명서가 필요할 것 같다.

나는 문을 열어둔 채 침실을 나와 중앙에 있는 소파에 그대로 쓰러졌다.

"뭐냐, 이 상황은."

아야노를 데리고 돌아온 지금, 시간은 아직 반나절밖에 지나지 않았다.

갑자기 배가 울렸다. 그러고 보니 점심때였던가.

배 속에서 난 소리를 들은 것인지, 시오리가 소파 뒤쪽에서 조용히 얼굴을 내밀었다. 긴 앞머리 속에 숨겨진 두 눈이 어딘가 위로하는 색을 띠고 있었다.

"폐가 되지 않는다면, 저, 점심 준비를……."

"고마워. 덕분에 살았어."

"네, 저, 입에 맞을지는, 모르겠지만……."

시오리가 가슴을 쓸어내렸다. 그리고 "그럼, 바로 준비할게요……"라고 말하고는 주방으로 걸어가 냄비에 물을 붓고 불을 올렸다. 파스타를 삶으려는 것 같았다.

의미 없이 그 뒤에 서서 조리하는 모습을 구경했다.

요리를 위해 머리를 묶은 탓인지 고운 흰 복덜미가 드러나 있었다. 무심코 요염하다는 생각이 들어서, 일단 내 뺨을 한 대 때렸다.

시오리가 물음표를 띄우며 뒤를 돌아보았다. 나는 모른 척 시치미를 뗐다.

시오리는 파스타를 삶는 것과 동시에 소스 준비까지 마치고는, 삶아진 파스타를 새우 같은 재료가 들어간 화이트 소스에 버무렸다. 익숙한 움직임이다.

주방에 서 있는 시오리는, 예전의 쭈뼛거리던 인상과는 달리 차분했다.

그럴 만도 하지. 그 뒤로 시간이 꽤 흘렀으니까.

시오리는 내가 빤히 보는 것에 긴장한 것인지, "쌀을 멋대로 사용해도 될까 싶어서……"라며 메뉴가 파스타인 이유를 알려주었다. 그래서 생각이 미쳤다.

"그럼 다른 재료들도 직접?"

"아, 네……. 역 앞의 슈퍼에서요."

"미안. 이따 밥값 낼게."

"아니에요, 저기⋯⋯. 재워주시는데, 이 정도는⋯⋯."

"노동에는 대가가 지급돼야 한다. 이건 절대적이야."

"그, 굉장히, 경험이 깃든 말이네요⋯⋯."

시오리의 어깨가 약간 흔들렸다. 살짝 웃었나 보다.

그 웃는 법은, 어렴풋이 예전의 모습을 연상시켰다.

탁자 위에 크림 파스타와 콘소메 스프가 차려졌다.

내가 평소에 적당히 만드는 것과는 전혀 다른, 정성이 들어간 파스타였다.

오랜만에 집에서 든든한 식사를 할 수 있겠다. "간단한 거라, 죄송하지만⋯⋯"이라며 겸손해하는 시오리의 말에 나는 말이 다 끝나기도 전에 "아냐아냐" 하고 끼어들었다.

"전혀 간단한 게 아니잖아. 그보다, 먹어도 될까?"

"앗, 네. 그, 식기 전에 어서 드세요⋯⋯."

포크를 들고 파스타를 감아 입에 넣었다. 맛있다.

눈을 감고 한 번 더 맛을 보았다. 맛있어.

가게에서 먹는 것과 비교해도 손색이 없을 정도였다.

"시오리, 요리 잘하는구나."

"앗, 저기, 감사, 해요⋯⋯."

"난 만든다 해도 RTA 오야코동* 정도가 고작인데. 요리는 언제 배웠어?"

"으음⋯⋯ 중학생 때부터, 조금씩⋯⋯."

"혼자 살기 전부터라면 흔한 케이스는 아닌데. 직접 먹으려고?

*밥 위에 닭고기와 계란 등을 얹어 먹는 덮밥 형태의 음식.

아니면 해주고 싶은 상대라도 있었어?"

"아…… 네, 저, 해주고 싶은, 사람이 있어서……."

"분명 기뻐할 거야, 그 사람도. 진짜, 대박 맛있어."

"앗, 저기, 그…… 다행이에요, 정말로……."

칭찬을 지나치게 했는지 시오리의 얼굴이 새빨개졌다.

시오리는 그대로 눈을 굴리더니, 고개를 숙인 채 파스타를 먹었다.

손재주가 좋은 여대생이라는 생각이 들었다.

"으응~."

조금 소란스러웠던 탓인지, 아니면 좋은 냄새에 이끌린 탓인지, 아야노가 침실에서 신음했다.

시오리는 허둥대며 침실로 가서는 "뭔가 먹을 수 있겠어요?"라고 묻고 있었다.

그건 그렇고 이렇게 손수 만든 요리를 받는 상대는 행운아일 거다.

시오리의 남자 친구일까?

다만 현재 진행형으로 남자 친구가 있다면, 이런 적당히 아는 남자에게 의지하지는 않았겠지.

그런 생각을 하면서 여유를 즐긴 것도 잠시. "둘이서만 맛있는 걸 먹었다"며 알 수 없는 떼를 쓰기 시작하는 환자에게 편의점 젤리를 먹이고, 시오리와 교대로 간병과 집안일을 하는 사이 순식간에 날이 저물어 버렸다.

저녁은 파스타에 대한 답례로 내가 만든 RTA, 그러니까 리얼

타임 어택 오야코동(단순히 초스피드로 만드는 오야코동이다)을 시오리와 함께 먹었다. 어떤 것인가 하면, 계란을 올린 밥 위에 이미 만들어진 닭꼬치를 얹으면 끝나는 요리였다. "오야코동을 뭐라고 생각하는 거냐"라며 혼날 것 같은 녀석이다.

"아니 그래도, 고기랑 계란에 파도 있고, 아슬아슬하게 오야코동 같은 맛이 나거든."

"앗, 음…… 그래도, 정말로, 살짝 오야코동 같은 맛이 나요."

시오리는 내게 딱 잘라 "오야코동"이라는 판정을 내려주었다. 좋았어.

오야코동(이라고 우겨댄 무언가)을 다 먹은 후.

교대로 욕실을 사용하며 한 명이 욕실을 쓰는 동안 다른 한 명은 아야노의 간병을 맡았다.

시오리의 목욕이 끝나고, 나는 조금 차분해진 여고생의 자는 모습을 확인하고 난 뒤 이틀 연속으로 소파에 몸을 뉘었다.

○

일요일 아침 소파에서 얕은 잠을 청하고 있는데 "으애애앵~" 하는 얼빠진 신음이 들려왔다. 염소 울음소리를 닮았다. "여긴 애완동물 금지인데"라는 생각을 했지만, 애완동물이 아니라 동거인이 있다는 것이 떠올랐다.

나는 침실 쪽을 바라보았다.

"방금 난 염소 소리, 뭐야?"

그런 느낌으로 쳐다보니 시오리가 이불 뭉치 앞에서 우물쭈물 하고 있었다. 이야기를 들어보니 열이 내려간 아야노가 전날 벌 인 추태를 떠올리며 부끄러워하는 소리였나 보다.

이불 속에 틀어박혀 머리를 쥐어뜯고 있는 것 같았다.

보는 입장에서는 "열이 있었으니까"라는 이유로 결론지을 수 있지만, 당사자로서는 참기 힘든 일일지도 모른다. 술로 인한 사 고와 똑같다. 단편적으로만 기억하는 탓에 괜히 무슨 짓을 저지 른 게 아닌지 걱정하는 거다. 나도 비슷한 경험이 있다.

"뭐, 열이 38.7도나 됐으니까."

나는 수치심의 덩어리가 된 아야노를 위로했다. 시오리도 열심 히 고개를 끄덕였다.

하지만 이불로 된 만두는 꼼지락대며 꿈틀거릴 뿐이었다.

응, 아무것도 모르겠다.

난 자라난 수염을 슥슥 긁으며 이불 뭉치에게 물었다.

"여고생, 뭐 먹고 싶은 건?"

"……만두."

"그럼 만들까. 쾌유 축하……랑은 좀 의미가 다르지만."

그렇게 대답하자 이불 속에서 얼굴이 불쑥 튀어나왔다.

"뭐야, 그 물음표 같은 표정은."

"──괜찮아?"

"어제 별로 못 먹었잖아. 젤리 같은 것만 먹고."

"앗, 응."

"알레르기 같은 건 없지?"

"딱히 없는데. 아, 아니, 없는데요."

"그래. 그럼 재료 사 올게. 갈아입을 옷 같은 건 맘대로 써도 되니까."

그렇게 말하며 나는 옷장 쪽을 가리켰다.

시오리에게 아야노를 부탁한 뒤 지갑과 에코백을 한 손에 들고 현관으로 나갔다. 스니커즈 끈을 묶고 있는데, 움직이는 이불처럼 변한 아야노가 느릿느릿 현관으로 걸어 나왔다.

나는 의아한 얼굴로 "왜?"라면서 되돌아보았다.

"……다녀오세요."

아야노는 몸에 걸친 이불로 얼굴을 가린 채, 중얼거리듯 그렇게 말했다.

나는 혼자서 아사가야역 앞의 슈퍼 『세이유*』에 갔다. 연중무휴에 24시간 영업인데다 일회용품이나 신선식품, 기본적인 가구나 가전까지 번듯하게 갖추고 있어서 아사가야 주민들의 생활을 지탱해주는, 역 앞의 대장격 존재나 다름없었다.

스마트폰으로 만두 재료를 찾아보면서 신선식품 코너를 간만에 들여다봤다.

나의 요리 스킬은——오야코동을 보면 알겠지만——미묘하다.

혼자 요리를 한 건 학창 시절부터였지만, 그 무렵에도 "얼마나 효율적으로 만들 수 있는가" 같은 이상한 스킬만 늘리고 있었다.

*일본의 유명한 쇼핑센터 체인.

그래서 도달한 최종 지점이 그것이었다. 칭찬받을 만한 이야기는 아니지만, 당시의 나는 요리나 청소 같은 것에 시간을 빼앗기는 것이 싫었다. 그런 것에서 가치를 찾지 못했던 것이다. 아니, 지금도 그런 경향은 조금 있지만.

우선 필요할 만한 것들을 바구니에 넣고 계산을 끝냈다. 슈퍼를 나와 돌아오는 길에 있는 공원에 들렀다. 벤치에 앉아 휴대폰을 들여다봤다.

"──그럼 어디."

집을 나설 때, 나는 경찰에 연락할 생각이었다.

카미키 아야노. 그 여고생과 관련해서.

지나친 생각이었다면 나만 바보가 되고 끝날 이야기다.

창피를 당하고 끝나는 정도라면 긁힌 상처만큼도 아프지 않을 것이다. 그리고, 실제로 방치가 되었든 가정폭력이 있든 집에 돌아가지 못할 사정이 있다면 마땅한 공공기관이 개입하는 게 맞다.

사회에는 청소년을 도울 준비가 마련되어 있고, 이는 공적으로 이루어지는 일이다.

제대로 된 어른이 보여야 할 도리는 그런 것이다.

거기서 벗어난 행동을 정당화할 만한 논리는 없다.

간단한 이야기다. 그 애가 의지할 사람은 내가 아니라는 것.

내 엄지손가락이 『110*』을 입력했다. 통화 버튼 앞에서 엄지손가락이 멈췄다.

『──괜찮아?』

---

*일본의 경찰서 번호.

매달리는 듯한 시선이 갑자기 뇌리를 스쳤다.

익숙하지 않은 "……다녀오세요"라는 말이, 이상하게 귓가에 남았다. 그녀의 스마트폰은 줄곧 침실에 놓여 있었지만, 돌아오지 않는 딸을 걱정하는 연락은 끝내 오지 않았다.

어떤 이유가 있더라도, 정당화될 수는 없는 것이다.

그러니 당연히, 지금 여기서 전화를 하지 못하는 나도 천하의 나쁜 놈이라는 사실은 분명했다.

○

"앗, 돌아왔다."

집에 돌아오자 아야노가 소파 위에 이불을 꺼내 놓고 쉬고 있었다.

소파 가장자리에 오도카니 앉아 TV에서 하는 와이드 쇼를 의미 없이 보고 있었던 모양이다. 안색을 보니 어제와 비교해서 훨씬 좋아졌다.

나는 "응, 돌아왔어"라고 대답하며 주방으로 향했다.

에코백에서 식재료를 꺼내 조리 준비를 시작했다.

베란다에 나가 있던 시오리가 "어서 오세요……"라고 말하며 안으로 들어왔다. 날씨가 좋아서 이불을 널어주고 있었던 것 같다. 마음 씀씀이가 사무칠 정도다.

"요리, 도와 드릴게요……."

시오리가 그렇게 말하자 "아, 나도"라며 아야노도 일어섰다.

그 순간 이불이 소파 위로 흘러내렸다.

아야노는 내 흰 셔츠 한 장을 짧은 원피스처럼 입고 있었다.

소매가 헐렁한 탓에 손끝까지 완전히 덮여 있다.

반대로 기장은 턱없이 부족해서 허벅지의 반도 가리지 못했다.

아니, 분명 "마음대로 써도 된다"고 말하긴 했다. 그렇다고 해서 저런 꼴이 될 거라고는 생각하지 못했다. 그보다 새삼, 정말 말랐구나, 하는 생각이 잠시 들었다.

어제 안아 올렸을 때도 생각했지만 나보다 눈에 띄게 작았다.

나는 "아아~" 하며 천장을 한번 올려 보고는, 아야노의 하반신을 가리키며 말했다.

"그 초이스는 뭔데?"

"취향 아니었어?"

아야노는 고개를 갸웃하고는 양손을 펼쳐 보였다. "남친 셔츠 놀이"라고 말하며.

나는 뭐라 대답해야 좋을지 망설이다 일단 입을 열었다.

"아저씨 옷을 입고 남친 셔츠 놀이 하면 재미있냐?"

"응? 재미있는데?"

"그거참 행복한 성격이네."

"으헤헷."

칭찬할 생각은 없었지만 아야노는 싫지 않다는 얼굴로 웃고 있다.

엄격하게 주의를 주려던 마음도 꺾여 버렸다.

돌아보니 시오리는 이미 체념한 얼굴을 하고 있었다.

내가 돌아오기 전에도 같은 말들이 오갔던 것일까.

나는 요리를 위해 소매를 걷으며 말했다.

"몸이 차면 안 좋아. 나은지 얼마 안 됐으니까 무리하지 말고 앉아 있어."

"응. 아, 그래도 만두 빚는 건 하고 싶어."

"알았어. 그건 같이 하자. 소파에서 몸 따뜻하게 하고 기다려."

"응."

아야노는 잘 알았다는 듯이 고개를 크게 끄덕이고, 이불을 뒤집어쓴 채 몸을 둥글게 말았다.

나와 시오리는 만두소를 만들기 시작했다.

만두소는 시오리의 도움으로 금방 끝났다.

그보다 나는 내용물 반죽만 했을 뿐, 양념이나 재료를 다지는 부분은 시오리가 빠르게 끝내버렸다. 정말로 잘 자란 여대생이었다…….

만두소를 넣은 그릇과 만두피, 그리고 가장자리를 적시기 위한 물을 준비해 탁자에 놓았다. 아야노와 시오리, 나도 각각 탁자에 자리를 잡고 앉았다.

준비가 다 되었으니 『만두 빚는 모임』 개시.

시오리의 만듦새를 보면서 나와 아야노는 오십보백보나 다름없는 싸움을 벌였다.

"아저씨 만두는 왜 이래?"

"아무 문제도 없다만?"

"아니, 보통 주름이 있잖아 만두엔."

"맛은 똑같아. 게다가 여고생 너도 남 말 할 처지는 아니네. 거기 찢어졌잖아."

"아, 진짜네. 그래도 만두소가 많아야 맛있잖아."

"그건 그렇지."

"저, 두 사람 다…… 제대로 알려 드릴 테니까요……."

나와 아야노의 만두 상태를 보다 못한 시오리가 시범을 보여주었다. 나와 아야노는 몇 번의 실패를 거듭했지만, 시오리가 지도한 보람이 있는 것인지 어느 정도 봐줄 만한 만두를 만들 수 있게 되었다.

잘 만들게 되니 스스로가 빚은 만두에 애착이 갔다.

하얗고 말랑말랑하니, 마스코트로서 가점 요소도 많다.

만두는 원래 마스코트 캐릭터였을지도 모른다.

"만두는 의외로 귀여운 것 같아."

"귀여운 여자들에게 둘러싸여 놓고 처음으로 『귀엽다』고 말하는 대상이 만두?"

"아니, 너희들도 귀여워. 귀엽다 귀여워."

"우와, 진심이 조금도 안 느껴져."

"귀, 귀엽다니……."

장난스럽게 말하긴 했지만 아야노도 시오리도 외모는 상당히 귀여운 편이었다. 그들과 같은 또래의 눈으로 본다면 내가 처한 지금 이 상황은 부럽기 그지없을 것이다. 스물여섯 살의 눈으로 본다면, 여고생이나 여대생과 요리를 하고 있으니 학교의 조리실

습에 말려든 것 같은 기분이었다.

"앗, 시이. 그 만두 모양 대박 귀여워!"

"옛, 아아…… 저를 말한 건가요…… 시이?"

"시오리니까 『시이』. 그보다 그렇게 빚는 법 나도 알려주라!"

"앗, 네…… 그…… 여기를 손으로 집고."

여고생과 여대생이 화기애애하게 만두를 빚고 있다.

청춘 가득한 공기에 어렴풋이 향수를 느꼈다.

혼자 하면 평범한 냄새밖에 안 났겠지만, 그녀들이 함께하니 청춘의 잔향이 났다.

이미 끝나버리고 만 덧없던 자신의 청춘에 일말의 후회와 그리움을 느꼈다. 이런 시간을 젊은 시절 경험했다면 뭔가가 달라졌을까. 그런 의미 없는 망상에 나는 살짝 쓴웃음을 지어 보였다.

아야노는 만두를 싸면서 나와 시오리를 번갈아 보더니 물었다.

"그리고 보니 둘이 어떤 사이야?"

"어떤…… 사이라기보단, 저기……."

"고향 집 이웃. 부모끼리 사이가 좋아서 조금 교류가 있었다, 같은 느낌이야."

"흐음, 근데 저번에 『누구시죠?』라는 식으로 묻지 않았어?"

"아, 그건 확실히…… 좀, 상처긴 했어요……."

"어른스럽고 예뻐졌으니까. 순간 못 알아봤어."

"앗……."

시오리가 만두를 툭, 떨어뜨렸다.

옆에 앉아 있던 아야노가 카펫에 떨어지기 직전에 만두를 받아냈다.

좋은 반사신경이다. 나는 박수로 칭찬을 보냈다.

그러나 정작 아야노는 성희롱을 질책하는 싸한 눈빛으로 나를 바라보았다.

"아니, 다른 뜻은 없었어. 그저 객관적인 사실을."

"그래서, 왜 동거인데? 집안 사정으로 약혼했어? 부모가 정한 상대?"

"야, 야, 야…… 약혼…….."

"그건 무슨 세계관이야. 이사 갈 때까지 잠시 맡아주기로 한 거야."

"엑, 근데 젊은 남녀 둘인데 좀 위험하지 않아?"

"뭐, 동생 같기도 하니까. 위험할 것도 없지 않나?"

"……."

"아저씨, 역시 델리커시가 죽은 거 아냐?"

"아니, 이 경우엔 이성으로서 한껏 의식하고 있는 쪽이 더 위험하지."

나는 지극히 정당한 주장을 펼쳤다.

아야노는 "흐음~" 하며 콧소리를 내더니, 뭔가 생각난 것처럼 만두를 빚던 손을 멈췄다. 그러고는 요리를 위해 걷었던 소매를 다시 되돌린 뒤, 단추를 위에서부터 세 개 정도 풀고는 이렇게 말했다.

"참고로 현역 여고생은, 아저씨가 보기에 어떠신가요?"

"감자튀김을 권하는 듯한 가벼움으로 범죄를 부추기지 마."

"말은 그렇게 하면서 아까부터 계속 힐끔힐끔 허벅지 보고 있었으면서."

"안 봤어. 셔츠 자락 말아 올리지 마. 허벅지를 떠나서 팬티 보인다."

"완전 보고 있는 거 맞네. 게다가 보여도 상관없는 걸로 입고 있거든."

속바지 같은 팬티에 관해서는 항간의 소문으로 들은 적이 있었다.

나는 탁자 아래로 몸을 숙여 여고생의 속옷을 들여다보았다.

하얀 무릎과 허벅지 사이로 얇은 천이 얼핏 드러나 있었다. 보여서는 안 되는 속옷과의 차이는, 미안하지만 전혀 모르겠다.

"안 되는 거 아니냐, 이거?"라고 중얼거렸다.

"아니아니, 진짜 이거는…… 헉, 미친."

말을 멈춘 아야노가 셔츠를 홱 잡아당겼다. "헉, 미친"이라고 했다.

아야노는 조용히 자리에서 일어났다.

그대로 침실로 이동하고는, 부스럭대는 소리.

잠시 후 아야노는 아래에 운동복을 입고 돌아왔다. 그리고 얼굴을 붉힌 채 입을 다물고, 아무 일도 없었다는 듯이 만두 만들기를 재개했다. 어색한 침묵.

나는 불안함과 침묵을 참지 못하고, "잠깐!" 하며 돌격하고 말았다.

"전혀 괜찮은 속옷 아니었지, 방금?!"

"아하하, 언제 옷을 갈아입었나? 감기 걸렸을 때? 가 아니고 아저씨도 나빴잖아!"

"아니, 지금은 내가 잘못한 게 아니지 않나?!"

"지금 건…… 들여다본 하루후미 씨가, 나빠요."

"시오리 씨?"

시오리의 손길마저 놓쳐버린 난 완전히 죄인 취급을 받아야 했다.

누가 변호사 좀 불러줘.

○

내가 죄인이 된 뜻밖의 사고는 있었지만, 만두는 문제없이 잘 만들어졌다.

잠들어 있던 핫플레이트를 꺼내서 차례차례 구워 먹었다.

밥그릇의 수가 부족해서 아야노는 덮밥 그릇으로 밥을 먹게 됐지만, 전날의 몫을 회수하기라도 하겠다는 듯이 엄청나게 잘 먹었다.

오히려 나보다도 더 많이 먹고 있는 것 같다.

나는 그녀가 먹는 모습을 시원스럽게 보고 있었다.

아야노가 그릇에 담긴 밥을 먹어치우고는 내 시선을 깨달았다. 그리고 "으음"이라며 불만스러운 얼굴을 했다.

"아니, 왜?"

"방금 『이 녀석, 엄청 잘 먹네』 같은 생각 했지?"

"생각하긴 했는데, 나쁜 건 아니잖아. 젊은 사람은 많이 먹어야지. 한 그릇 더 먹을래?"

개인적인 소감을 말하자면, 여고생은 너무 말랐다.

아야노는 "그런 부분이 문제라고"라는 말을 중얼거렸지만, 중얼거린 것과는 달리 한 그릇은 더 먹었다.

그리고 아침 겸 점심 식사 후.

대량으로 만든 만두는 점심에 다 먹지 못하고 저녁으로 미루기로 했다. 큰 접시에 아직 굽지 않은 만두를 가지런히 놓고 랩을 씌워 냉장고에 넣었다.

나는 설거지를 마치고 나서, 시오리의 무릎에 누워 졸고 있는 아야노에게 말했다.

"여고생, 오늘 하루는 안정 좀 취해라."

"응. 여기서 잘래~."

"저기, 제 무릎 위에서…… 자는 건가요……?"

아야노가 시오리에게 어리광을 피우며 뒹굴거리는 사이, 머지 않아 작은 숨소리가 들려오기 시작했다. 나도 시오리도 어제는 간병으로 바쁘게 움직인 탓인지 조금 잠이 부족했다.

결국 세 사람이 모여 소파에서 낮잠을 잤다.

아야노는 나와 시오리 위에서 편안하게 쉬고 있었다.

그야말로 커다란 고양이가 따로 없다.

낮잠을 푹 자고 난 후, 저녁 무렵에 일어나 이불을 걷고 빚어 놓았던 만두를 다시 셋이서 구워 먹었다. 대하드라마를 보고 나서 차례로 목욕을 했다.

목욕 후, 여고생과 여대생은 침실에서 화장이나 옷에 대한 이야기를 하고 있다.

즐거운 듯한 두 사람의 목소리가 무미건조한 일상에 화려함을 수놓고 있었다.

나는 하루 일과를 마칠 때의, 묘하게 기분 좋은 만족감을 기억하고 있다.

일에 매달리는 나날이라 그런지 더 그리웠다.

생각해 보면 최근에는 "아무것도 한 게 없는데 휴일이 끝났네……"라며, 허무한 휴일을 보냈다는 죄책감 같은 것이 자주 들었다. 오늘은 뭐, 나름 즐거웠나.

나는 소파에서 눈을 감은 채 그녀들의 재잘거림에 계속 귀를 기울였다. 그대로 어느새 잠에 들었고, 아침에 일어나 보니 아야노는 집에 없었다. 백일몽이라도 꿨던 것처럼 여고생은 홀연히 사라져 버렸다.

다만 한 가지, 꿈이 아니었다는 증거는 남았다.

"실례 많았어요"라고 적힌 메모가 한 장, 탁자 위에 놓여 있었다.

○

월요일 아침.

시오리에게 여벌 열쇠를 건네주고 나는 평소대로 출근했다.

무거운 걸음으로 역까지 걸어가 전철을 타고 회사에 갔다.

근무지는 애플리케이션 소프트웨어를 개발하는 기업이다.

내 업무는 프로젝트 매니지먼트.

이 업계에서는 처음 세워둔 스케줄대로 일이 진행되는 경우가 드물다. 일의 내용을 단적으로 표현하자면, 이런저런 사정으로 꼬여버린 스케줄을 끼워 맞추는 것에 가깝다. 빠듯한 예산과 지지부진한 실적표를 노려보며 끙끙거리는 날의 연속이었다. 납기를 어떻게 지키느냐의 싸움이다.

일하는 중에는 다른 생각을 할 겨를도 없다.

지연이 발생한 플래너에게 사정을 듣거나, 동료인 쌀쌀맞은 여자에게 싫은 소리를 듣거나, 파견 준비 같은 것을 진행하고 있다 보면 정시는 금세 찾아온다.

잔업은 바보들이나 하는 짓이다.

그럼, 이 눈앞의 잔업들은 다 무엇인가. 바보는 나였다.

"⋯⋯후우."

오늘은 어쩐지 일하는 것이 내키지 않았다.

최대한 일단락 짓고 회사를 나온 것이 19시 반.

이 시간도 전철은 나름대로 붐볐다. 다만 앉지 못할 정도는 아니다. 주오선 차내에 빈자리를 하나 발견해서, 그곳에 앉아 간신히 오늘 아침의 메모를 떠올릴 여유가 생겼다.

오늘 아침 눈을 떴을 때.

여고생이 사라져서, 안도하지 않았다고 하면 거짓말이다.

누구라도 경찰을 부르는 사태는 피하고 싶은 법이다.

경찰의 신세를 지지 않는다면 그게 가장 좋다.

전차가 아사가야에 도착했다.

역 플랫폼에 내려 개찰구로 향했다.

정기권을 꺼내는데, 문득 개찰구 너머로 시선이 향했다.

"……."

역사 내 한쪽 구석에 교복 입은 소녀가 앉아 있었다.

정기권을 떨어뜨리면 친절하게 주워줄 것 같은 여고생이다.

그녀는 어딘가 무료한 얼굴로 먼 곳을 바라보고 있었다.

"……."

나는 어느새 걸음을 멈춘 채였다.

일 때문에 멍하던 머리에 서늘한 바람이 불어왔다.

오고 가는 사람들의 발소리와 역사 내 방송 소리, 개찰구가 열리는 전자음.

아사가야역에 흐르는 잡다한 소리가, 초여름을 앞둔 따뜻한 공기가, 오가는 사람들의 목소리가, 맑아진 머릿속으로 흘러들어왔다. 무대 장치의 배경 같았던 세상의 해상도가 갑작스럽게 높아졌다.

──아사가야가, 이렇게나 시끄러웠던가.

그런 싸구려 같은 감상이 떠올라 나는 한숨을 내쉬었다.

다음 삶이 있다면 조금 더 풍류를 아는 사람이 되고 싶다.

그랬다면 지금의 기분을 더 잘 표현할 수 있었을 테니.

"……후우."

잠에서 깨어난 것 같은, 그러면서도 어딘가 몽롱한 기분.

나는 멈춰 있던 다리를 움직였다. 정기권을 찍고 개찰구를 빠져나갔다.

먼 곳을 보고 있던 여고생에게 말을 걸었다.

"나은지 얼마 되지도 않았는데, 뭐 하고 있는 거냐."

"앗."

"기다릴 거면 집에서 해주지 않을래? 감기가 도지면 곤란해."

나는 그렇게 말하며 걷기 시작했다.

아야노는 잠시 굳어 있었지만, 내가 손짓하자 따라왔다. 한 걸음 뒤에서 불안한 듯이 이쪽을 보던 아야노가 숨을 한 번 들이키더니 쭈뼛거리며 물었다.

"――괜찮아?"

그야 당연히 전혀, 괜찮을 리가 없다.

선한 행동도 아니고, 변명할 수도 없다.

하지만 나는 천하의 나쁜 놈이고, 바보에다, 델리커시는 죽었다.

즉, 걸어 다니는 시체 같은 것이다.

영화나 게임 속에 나오는 고전적인 악역. 법과 윤리보다는 자신의 기분을 앞세우고, 간혹 행인들에게 피해를 끼치는, 법치국가의 원수와도 같은 악이었다.

그렇다면, 적어도.

당당하게 악행을 저지르고, 악당 같은 얼굴로 웃기로 했다.

"아는 사람을 재워주는 정도는 괜찮잖아. 이미 우리,『아는 사이』아니었나?"

나는 아야노가 부렸던 억지를 그대로 차용했다.

아야노는 "그게 뭐야"라면서 어이없다는 듯 웃고는 내 옆에 나란히 섰다.

둘이 함께 집까지 향하는 짧은 길을 걸었다. 얼굴을 드니, 달이 아름다운 밤이었다.

하지만 반대편에서는 조금 쌀쌀한 바람이 불어왔다. 여름은 아직 멀었다.

아야노는 바람에도 개의치 않고 팔짝팔짝 뛰면서 걸었다. 경쾌한 리듬과 불어오는 바람에 밝은 머리카락이 살랑거렸다. 아야노는 앞머리가 흐트러지는 것도 신경 쓰지 않고 웃었다. 그 모습을 보고 있는 나도, 이상하게 오늘 아침보다 발걸음이 가벼웠다.

아야노는 내 앞에 다가오더니 장난스럽게 웃으며 내 쪽을 돌아보았다.

"아, 다음에 답례로 뭔가 해줄게. 조금 야한 것도 괜찮고."

"시끄러워. 입 다물어."

"에이~, 그럼 뭐가 좋아?"

"그걸로 해. 밥으로 해, 밥. 가정 실습 때 뭐 해봤어?"

"앗, 그럼 카레 만들래. 카레라면 나도 만들 수 있을 것 같아."

"그럼 그거 만들어 줘. 괜찮네, 카레. 나도 좋아."

"간곡히 부탁한다면 무릎베개에 귀 청소 정도는 해줄 수 있는데?"

"조금 야한 것의『조금』이라는 건 진짜 조금이었군…….."

"아아~, 좀 더 야한 게 좋구나~. 하루 씨 엉큼하긴~."

"난 엉큼하지도 않고, 뭐야, 그 숨은 바퀴벌레까지 일망타진할 것 같은 이름은?"

"하루후미 씨니까 하루 씨. 괜찮지 않아?"

"느낌이 주가이 제약에서 개발한 모 살충제*랑 똑같잖아."

"그게 뭐야?"

"바루상."

그런 시답잖은 잡담을 나누며 나와 아야노는 집으로 돌아갔다.

혼자 살기엔 너무 넓은 1DK, 현관문을 둘이 함께 열고 들어갔다.

*바루상バルサン. 일본의 유명한 살충제. 하루 씨(하루상,ハルサン)와 발음이 비슷하다.

제3화 ● 신주쿠 쇼핑

"규칙이…… 필요하지 않을까요…….."

시오리는 눈썹을 팔자로 늘어뜨리며 굉장히 미안해 보이는 얼굴로 그렇게 말했다.

현재, 목요일 오후 8시.

참고로 그때 나와 아야노는 소파 위에서 영토 싸움을 벌이고 있었다.

"야, 아야노. 남의 다리를 베개로 쓰지 마라."

"에엥~ 어떻게 할까~."

아야노는 빠르게 내 1DK에 익숙해지더니, 개인 물건을 들이거나 제 것인 양 소파의 대부분을 점유하면서 조금씩 영토를 침범해 오고 있었다.

지금도 소파에는 언제 가져온 것인지 모를 상어 인형(크다)이 자리하고 있었고, 나는 이 상어 덕분에 아야노와 함께 소파 구석으로 내몰려 있었다. 국제적인 분쟁이 코앞에 다가왔다.

"……크흠."

시오리의 조심스러운 헛기침.

아야노는 시오리의 엄해진 분위기를 느끼고 곧바로 등을 펴며 반듯하게 고쳐 앉았다.

나도 아야노를 따라 자세를 바로잡았다.

시오리는 우리가 들을 준비가 된 것을 확인하고는 다시 입을 열었다.

"공동생활의 규칙이나 당번을, 만드는 게 어떨까요……?"

"아, 그런 거 드라마에서 봤어! 호시노 겐이랑 각키 나왔던 거*."

"노기 씨 각본이라면, 나는 『언내추럴』이 좋았어."

"노기 씨가 누구야? 그보다 보통 드라마는 좋아하는 사람이 나오거나 해서 보는 거 아냐?"

"보통이라는 기준이 뭔지는 모르겠지만, 나는 각본이나 감독으로 보는 경우가 많아. 영화 같은 것도 같은 감독의 작품을 연속으로 보기도 하고. 배우를 보는 경우도 있긴 하지만."

"에엥, 하루 씨 방식 이상해, 완전 이상해!"

"아, 저기, 두 사람 다…… 하던 얘기로 돌아와도, 괜찮을까요……."

대화를 2초 만에 탈선시키고 말았다.

나와 아야노는 고개를 숙이며 "미안", "미안합니다"라고 사과하고는 다시 대화를 이어갔다.

시오리는 "그럼, 봐 주세요……"라며 방의 현 사태를 가리켰다.

나와 아야노는 소파 밖으로 시선을 돌렸다.

처참한 광경이었다.

읽다가 만 신간 서적이나 책들의 탑이 쌓여 있고, 아야노가 조금씩 가져다 놓은 교과서나 스포츠용품들이 여기저기 어질러져 있다. 그밖에도 커다란 고래 인형, 아야노의 사복 같은 것들도 함께 널브러져 있었다.

전체적으로, 또한 급속히, 우리 집이 망가져 가고 있었다.

*도망치는 건 부끄럽지만 도움이 된다. 인기 배우인 아라가키 유이와 호시노 겐이 출연한 드라마. 계약 결혼을 소재로 하며 큰 인기를 끌었다.

"집이 더러워."

"집이 더럽네."

"빨래라던가, 쓰레기 배출도, 저기……."

"아아, 너무 신경을 안 쓴 것 같다."

"하루 씨 라이프 스타일, 의외로 조잡하네."

집을 어지럽힌 주범 중 한 사람인 아야노가, 역시 주범 중 한 사람인 나에게 심한 말을 아무렇지 않게 던진다. 부정할 수는 없지만 어쩐지 석연치가 않다.

최근 사흘 정도는 시오리가 저녁 식사까지 준비해 주고 있었다. 들어보니 시오리는 빨래를 하기 위해 근처 빨래방을 이용하고 있다는 것 같았다. 세탁기 안에 내 빨래가 들어있으니 이걸 꺼내야 할지, 같이 돌려야 할지 고민하다가 결정하지 못하고 세탁소를 이용하게 된 것이다.

배려가 너무 부족했다. 조잡하다는 비난을 들어도 감수할 수밖에 없었다.

어른이 돼서 한심한 이야기였다.

내가 "알았어"라고 말하자 옆에 있던 아야노가 "뭐를?"이라며 물어왔다.

"나는 집주인이자 어른이야. 집안일 전반은 내가 맡을게."

"근데 보통 늦게 오잖아. 무리하는 거 아냐?"

"……하루후미 씨만, 하는 건…… 현실적이지, 않은 것 같아요."

두 사람은 얼굴을 마주 보더니 서로 고개를 끄덕이고 있었다.

내가 어두운 환경의 노동자라는 것은 이미 공공연하게 알려진 사실이었다.

아니 그래도, 야근 시간은 노동법에는 걸리지 않는 범위에 들어가 있다.

그 왜, 45시간 근무제라든가, 한 해 유급휴가 의무화라든가.

법적으로는 어둡지 않은 범주다.

그런 듣는 이 없는 변명을 중얼거리고 있는데, 아야노가 상어 인형을 끌어안은 채 "그런데 말야"라며 입을 열었다.

"애초에 하루 씨가 빨래하는 건 좀 그렇지 않아?"

"못하진 않아. 이래 봬도 혼자 산 지는 오래됐으니까 빨래 정도는 수고스럽지도 않고."

"제 옷이라던가……."

"시이 속옷이라든가, 하루 씨가 만지면 범죄일 것 같은데."

"아아, 응. 그러네."

뭐, 하긴 모양새가 좀 그렇긴 했다.

게다가 여자 속옷 같은 건 세탁기로 적당히 돌렸다가는 망가질 것 같다.

시오리는 가슴이 크니까, 형태가 무너지거나 후크 같은 부속품을 망가뜨리면 변상 값이 비싸지 않을까. 잘은 모르지만 남자의 속옷보다 복잡한 구조긴 했다.

"저, 폐가 되지 않는다면…… 빨래는, 제가……."

"다만, 내 걸 만지게 하는 것도 좀 그렇지."

"집게 같은 거 쓰면 되지 않아? 아니면 고무장갑이나?"

"그럴 바엔 차라리 세탁물을 나눠서 하겠어."

그런 상처받는 대접을 겪을 바엔, 추가로 수도세를 내는 것이
낫다.

　나의 정신 건강을 위해서.

　시오리가 "저는 괜찮아요……"라고 말해 주었기에 일단 해결.

　그 후, 각 장소의 청소 당번과 쓰레기 배출 담당, 식비 얘기 같
은 것을 간단히 상의한 뒤 추가로 필요한 것들을 메모해 놓고 다
음 휴일에 사러 갈 계획을 세웠다.

　계획을 세운 후엔 차례대로 목욕을 했다.

　나는 마지막으로 목욕을 하고 다시 소파에 누웠다. 곧바로 잘
생각이었지만, 사실 조금 전의 대화를 통해 의문이 하나 생겨났
다. 나는 누운 채로 팔짱을 꼈다.

『시오리는 언제쯤 이사를 가는 걸까.』

『애초에, 왜 이런 어중간한 시기에 이사할 곳을 찾는 걸까.』

　집의 규칙을 결정하는 것은 아주 좋은 생각이었고, 시오리의
제안도 고마웠다. 하지만 규칙이 필요할 만큼, 그녀는 장기간 집
에 머물 예정인 걸까.

　이사할 곳을 정하는 데 그렇게 오랜 시간이 필요한 건가. 남녀
간 조금 차이가 있는 것을 감안해도 두세 번 정도 집을 보러 다니
면 충분할 것 같은데.

　시기도 시기였다. 뭔가 사정이 있을 거라고는 생각했다.

　이사의 이유, 바로 결정하지 못하는 이유.

　어머니에게 부탁을 받은 이후, 계속 그것이 의문으로 남아있
었다.

의문이긴 했지만 말로 뱉은 적은 없다.

아야노 때문에 정신이 없어서 물어볼 새가 없었던 것도 있다.

게다가, 내 입장에서도 그녀가 서둘러 이사를 할 필요는 없었다. 솔직히 말하면 아야노의 일도 있어서 시오리의 존재가 큰 도움이 되고 있었다. 이기적인 이야기지만 이사를 미루는 것은 오히려 감사할 정도다.

거기에 더해 무엇보다 하루하루 눈꺼풀을 짓누르는 수마가, 문제를 계속 미루게 만들고 있었다.

○

금요일, 직장에서의 점심시간.

쉬는 시간이긴 하지만 나는 편의점에서 사 온 빵을 한 손에 든 채 회사 메일을 확인하고 있었다. 틈틈이 할 수 있는 일들은 낮 동안에 끝내두는 편이다.

빠르게 퇴근하기 위한 잔기술이다.

당연히 칭찬받을 만한 방식은 아니다. 알고 있다.

다만 이틀 전 늦은 시간에 퇴근했을 때, 시오리는 내가 돌아오는 것을 기다리고 있었다. 그건 조금 마음이 쓰였다. 일단 "기다리지 않아도 된다"라고 하긴 했지만, 세상에 신경 쓰지 말라고 해서 정말 신경 쓰지 않는 사람만 있는 것은 아니니까. 죄책감이나 의무감은 사람마다 느끼는 정도가 전혀 다르니 어쩔 수 없는 문제였다.

참고로 아야노는 전혀 신경 쓰지 않는 타입이다.

이틀 전에도 똑같이 먼저 푹 잠들었다. 건강한 것은 좋은 것이다.

"——타니가와 씨."

점심과 일을 동시에 진행하고 있는데 누군가 말을 걸었다.

나는 컴퓨터에서 시선을 뗐다.

쌀쌀맞은 눈빛을 한 여직원이 나의 예의 없는 행동을 나무라고 있었다.

"그거, 보기 안 좋아요."

그렇게 말한 것은 옆자리의 야마데라 마리아였다.

그녀의 할머니를 닮았다고 하는 색소가 옅은 눈동자에, 몸에 딱 맞는 바지로 된 정장, 작은 얼굴과 잘 어울리는 쇼트커트, 사나운 눈매까지 어우러져 전체적으로 똑 부러지고 시원스러운 분위기가 느껴졌다.

"야마데라 씨는 그런 건가? 한밤중에도 신호등 지키는 타입?"

"조잡하게 살다 보면 나쁜 버릇이 생기니까요."

마리아는 다 먹은 작은 도시락통을 정리하며 그렇게 말했다.

그 말투는 어딘가 나른해 보였다.

마리아는 동기로 입사한 이후 그럭저럭 이야기를 나누는 사이였다.

나를 대하는 태도는 시선만큼이나 차가웠지만.

그래도 미움을 받는다고 생각했더니 의외로 술을 마시자고 권유하거나, 푸념이나 불평을 늘어놓기도 해서 거리감을 조절하기 어려운 상대이기도 했다.

나는 식은 핫도그를 야채 주스와 함께 털어 넣고, 잠시 텀을 둔 뒤 입을 열었다.

"내가 사는 방식이 조잡해 보입니까?"

"신중한 삶, 같은 개념과는 멀어 보이네요."

"그렇지 않, 아니, 그런가……."

"그래도 요즘, 다림질만큼은 좀 늘었네요. 오늘도 깔끔하고요."

그녀의 말에 나는 내가 입고 있는 와이셔츠에 대해 생각했다.

확실히 내가 조잡하게 말렸다고는 생각되지 않는, 각이 잡힌 느낌이었다. 그렇다면 규칙을 만들기 전부터 시오리는 다림질을 해주고 있었다는 건가. 뭐랄까, 마리아에게 지적받기 전까지 그걸 전혀 눈치채지 못한 내 신경은 어떻게 되어 먹은 걸까.

어떻게를 따질 것도 없이, 그냥 무신경에 가까워 보인다.

조잡하게 살아왔다는 증거인 것 같아서 나는 "하아……" 하며 침울한 감상에 빠졌다.

마리아는 침울해하는 나를 보며 의아한 듯 물었다.

"칭찬을 해줬는데 왜 풀이 죽었어요?"

"아니, 난 지금까지 정말 조잡하게 살았구나 싶어서, 새삼스럽지만……."

"상관없지 않겠어요? 반성을 다음의 기회로 삼을 수 있다면야."

마리아는 크게 관심 없다는 투로 중얼거리며 담뱃갑을 집어 들었다.

아마 흡연실로 향할 것이다.

마리아는 상당한 헤비스모커였다.

그녀는 자리에서 일어나 흡연실로 향하기 직전, "음?" 하며 나를 돌아보았다. 그리고 그대로 성큼성큼 다가오더니, 내 모습을 무례할 정도로 뚫어지게 바라보았다.

"갑자기 왜 그래, 야마데라 씨?"

"갑자기 왜 다림질이 제대로 되어 있는 거죠? 게다가 아까, 본인은 눈치채지도 못했다는 느낌이었죠? 게다가 최근 2~3일 동안 일찍 퇴근했다면서요?"

"아니, 빨리 돌아갈 수 있다면 돌아가고 싶지, 보통은……."

"왜 눈을 피하는 거죠?"

"아, 야마데라 씨, 수고 많으십니다. 아~, 타니가와 씨도."

서글서글한 미소를 띤 남자 사원이 나와 마리아 사이에 끼어들었다.

1년 후배인 타케바야시 카즈마.

강아지 같은 저 미소는 오로지 마리아를 향한 채, 나한테는 아무렇지도 않게 엉덩이를 향하고 있었다. 저렇게 알기 쉬운 태도를 보이는 쪽이 차라리 더 호감이 갔다. 서투르게 속이는 사람보다는 오히려 더 어울리기 쉬운 부류였다.

게다가 지금은 나이스 타이밍이다.

마음속으로 타케바야시에게 감사를 전했다.

나는 조금 전의 추궁이 언제 있었냐는 듯, 태연하게 메일 확인으로 돌아갔다. 강아지 청년 타케바야시는 순수한 청년의 표본 같은 목소리로 마리아에게 물었다.

"오늘 동기들이랑 술 마시러 갈 건데, 야마데라 씨도 같이 어때요?"

"왜요?"

거기서 왜가 나오면 안 되지. 일로 복귀하자마자 그렇게 말할 뻔했다. 마리아를 좋아해 마지않는 강아지 군이 이쪽을 노려보기에, 나는 조금 전의 답례도 겸해서 도움을 주었다.

"그거네. 오늘 불금이니까 그런가 보지."

"맞아요! 그거예요!"

"금요일이라는 것과 저를 불러내는 것 사이에 논리적인 연결성이 느껴지지 않는데요."

"……."

어이, 임마 타케바야시. 거기서 가만히 날 노려보는 건 좀 아니지.

여기서는 네가 힘을 내야 할 차례라고.

나한테 너무 의지하잖아. 팍, 하고 밀고 가란 말이다.

타케바야시가 입을 다물어 버린 탓에 마리아도 모르는 척 묵살했다.

마리아는 흡연실로 가는 것 같더니 마음을 바꾼 것인지 다시 발길을 돌렸다. 아까부터 지나치게 발길을 돌려댄다. 그리고 어째선지 또다시, 마리아가 내게 말을 걸어왔다.

"타니가와 씨, 오늘 저녁 일정 어때요?"

"그건 내 업무에게 물어보시죠."

"본인의 업무도 관리하지 못하는 건가요?"

"이쪽 일은 치안이 별로 좋지 않아서."

내가 맡고 있는 것은, 시에서도 관리를 포기한 암흑가 같은 프로젝트였다.

계속해서 기획과 프로그래머가 빠지는 탓에 현장은 사건이 터지기 일보 직전.

더 정확하게는, 좋지 않은 상황이 된 후에 "타니가와 군, 사태진압 좀 부탁할게"라며 내게 떠맡겨진 것뿐이지만. 아니 그보다, 전임 프로젝트 매니저 타케바야시였잖아, 이 자식.

나는 시선을 피하는 타케바야시를 원망스러운 눈길로 바라보았다.

마리아도 사정을 알고 있어서 그런지, "하아"라며 한숨을 내쉬고 입을 열었다.

"같이 마셔준다면, 조금 도와줄 순 있는데……."

"오늘 밤?"

"달리 예정 있어요?"

나는 일하던 손을 멈추고 잠시 생각했다.

일 이외의 예정은 없다. 장을 보러 가는 것도 내일이었다.

다만 동거인의 존재가 뇌리를 스쳤다.

"아니, 오늘은 패스. 금요영화도 마침 보고 싶은 거였고."

"어머, 극장에서 본 거 아니었어요?"

"극장에서 보는 거랑 감상을 곱씹으면서 TV로 다시 보는 건 별개니까."

"──정말이지, 특이한 취향이네요."

"특이한 취향이 아니었으면 그 영화를 개봉일에 바로 보진 않았겠죠."

그런 내 대답에 마리아는 담뱃갑을 들고 강아지 군을 그대로 무시한 채 흡연실에 틀어박히러 갔다. 저렇게 되면 휴식이 끝나는 시간까지는 돌아오지 않는다.

강아지 군 타케바야시는 시원스럽게 사라지는 마리아의 등을 바라보며 내게 물었다.

"타니가와 씨, 야마데라 씨와는 정말 사귀지 않는 거죠?"

"아까 그게 『커플 간의 달달한 대화』로 들렸다면 이비인후과에 다녀오는 게 좋을 거다."

"굳이 따지자면 오래 사귀어서 권태기에 들어선 커플 간의 대화 같았어요."

"이비인후과 다녀와."

"타니가와 씨, 바람은 언젠가 꼭 들키는 법이니까, 조심하는 게 좋아요."

"알았어. 이비인후과 이전에, 너는 사람 말을 안 듣는 인간이다."

나는 그렇게 단언하고, 모니터에 비친 스팸 메일을 쓰레기통에 던져 버렸다.

○

오후 9시. 아사가야에 있는 우리 집으로 돌아갔다.

현관문을 열자마자 시오리와 아야노가 먹은 저녁 냄새가 났다.

"맛있는 냄새가 나네."

나는 배가 텅 비었다는 것을 한 번 더 느꼈다. 이 시간쯤 돌아오니 어쨌든 배는 고팠다. 예전 같으면 집까지 오는 시간을 참지 못하고 도중에 외식으로 때웠을 것이다.

"어서 오세요……."

시오리가 소파에서 몸을 일으키며 이쪽을 돌아보았다.

소설이라도 읽고 있었는지 문고 사이즈 책에 책갈피를 끼운다. 집에 있는 책은 자유롭게 읽어도 된다고 말해두었으니 뭔가 마음에 드는 것이 있었을지도 모른다.

시오리는 편안한 실내복 차림으로 내게 다가왔다. 목욕을 마친 것인지 거리가 가까워지자 옅은 비누 향이 풍겼다.

그녀가 양복 상의를 걸치기 위한 옷걸이를 건네며 물어왔다.

"목욕 먼저 하실래요? 아니면 식사를……."

"아아, 맞다. 셔츠 다림질, 고마워."

나는 잊기 전에 제일 먼저 감사를 전해두었다.

시오리는 예상치 못한 말에 잠시 당황하는가 싶더니 "아아"라며 생각난 듯한 표정을 지어 보였다. 그러더니 어쩐지 미안해 보이는 얼굴로 눈썹을 축 늘어뜨린 채, 머리를 살짝 쓸어 올리며 입을 열었다.

"저기, 주제넘은 일이라고, 생각하긴 했는데…… 널어놓은 채로 너무 오래 두는 것도……."

"아니, 정말 도움이 됐어. 신경 쓰이게 해서 미안할 정도야."

"그, 그렇…… 지는……."

솔직한 감상을 말하자 시오리는 얼굴을 붉히며 시선을 내리깔았다.

나는 시오리에게 옷걸이를 받아들면서, 돌아오는 길에 들린 편의점 봉투를 건넸다. 봉투 안에는 『편의점 디저트』 몇 가지가 들어 있었다.

"저기, 이건……?"

"아야노랑 같이 먹어. 나도 일단 밥 먼저 먹을까."

이름이 불린 것을 알았는지 아야노가 "뭐야뭐야"라면서 침실에서 이불을 두른 채로 뒹굴거렸다.

아야노는 최근 간병을 할 때 쓰던 담요가 마음에 든 것 같았다.

집안에서 자주 담요를 두르고 있다. 원래는 내가 오랫동안 써서 낡은 것이라 질질 끌고 다녀도 딱히 아깝지는 않았다. 하지만, 냄새 같은 것은 조금 걱정되긴 했다. 본인의 체취는 잘 알기 어렵다고들 하니.

그래도 아야노는 담요 냄새에 전혀 신경 쓰는 기색 없이 시오리에게 달라붙어 봉투 안을 들여다보며 환호했다.

"에클레어에 슈크림도 있잖아! 하루 씨, 뭘 좀 아네~."

솔직하게 기뻐하는 모습을 보니 나쁜 기분은 아니었다.

나는 셔츠 깃을 풀고 정장 재킷을 옷걸이에 걸치며 대답했다.

"여자들끼리 잘 나눠 먹어."

"어, 하루 씨는?"

"난 필요 없어. 식후엔 커피만 마시니까."

"아아~ 하루 씨. 그런 습관을 들이니까 잠이 부족한 거잖아."

"심야 배회하던 사람이 할 말은 아닌데."

"아니, 요즘은 엄청 잘 자거든. 덕분에 엄청 성장하고 있고."

그러면서 아야노는 손짓으로 본인의 발육을 주장했다.

주장의 핵심은 가슴둘레와 엉덩이인 것 같았다.

나는 의심 어린 눈초리로, 결코 없는 것은 아니지만 다소 소극적인 굴곡의 주장을 바라보았다. 딱히 큰 게 정답인 것도 아닐 텐데……

"네가 죽순도 아니고, 갑자기 그렇게 크겠냐."

나는 바보 죽순을 적당히 달래면서 몸을 굽혀 냉장고를 열었다. 방에 가득 찬 냄새의 원인을 발견. 오늘의 메인 메뉴는 햄버그인가.

마리아의 권유를 거절한 건 정답이었다.

햄버그를 싫어하는 사람은 별로 없겠지만, 예외 없이 나도 햄버그를 좋아했다.

"잠깐, 하루 씨~?"

적당한 취급에 불만을 품은 것인지 아야노가 굽어진 내 등 위에 몸을 기댄 채 항의했다.

사람을 의자 대용으로 쓰는 거 아니다.

"그거, 십 대의 발육을 얕보는 거야. 뭣하면 만져서 확인해 볼래?"

"비교 전을 만져보지 않았으니 이제 와서 만져봤자 소용없잖아."

만진 순간 심플하게 죄를 짓는 것밖에 안 된다.

이 녀석은 내가 체포되길 원하는 건가. 무섭네.

"그건 그거지, 『만져서 운 좋은』 이벤트 같은 거?"

"취지가 달라. 그리고 그런 이벤트성으로 만져도 되는 건 빌리켄* 발바닥 정도다."

"아아~, 하루 씨는 다리 페티시구나."

"잠깐. 빌리켄의 발바닥 이야기라고."

"저, 식사…… 준비할게요……."

"아아! 시이, 에클레어랑 슈크림 중에 어느 거 먹을래?"

"얘기를 하면 들어. 난 딱히 다리 페티시가──."

시오리는 냉장고에서 햄버그를 꺼내 프라이팬에 기름을 둘렀다. 아야노의 의식은 이미 오른손에 들린 슈크림과 왼손에 들린 에클레어로 옮겨간 채 시오리 주변을 맴돌고 있었다. 침착하지 못한 여고생 같으니라고.

나는 떨어진 아야노의 담요를 주워들고 소파에 앉았다.

TV 채널을 돌리며 오래된 담요를 쳐다보았다.

표면에는 보풀이 일고 감촉도 뻣뻣하다.

살짝 냄새도 맡아보았다. 내 체취는 역시 잘 알 수 없었지만, 우선 나는 스마트폰 메모장에 적어둔 내일의 쇼핑 리스트에『새 담요』를 추가해 두었다.

○

예정이 있는 휴일은 간만이었다.

토요일, 나는 일어나자마자 면도를 하고 외출용 티셔츠와 청바

*오사카의 유명한 행운의 신. 동상의 발바닥을 만지면 행운이 찾아온다고 한다.

지로 갈아입었다. 옷을 고르기가 귀찮아서 비슷한 디자인의 흰 티셔츠와 청바지를 여러 벌 갖고 있다.

옷을 고르는 재미와는 무관한 인생이었다.

반면 여자들 쪽은 옷을 고르는 일로 들떠 있었다.

방 안에서는 "시이, 이쪽!", "엑, 그 안경 장식이었어?! 이제 더는 쓰지 마!", "앞머리 방해 돼! 좀 잘라도 돼?"라는 아야노의 즐거운 목소리가 들려왔다. 동시에 "아아⋯⋯", "흐으~"하는 시오리의 당황한 목소리도. 피곤하겠네.

"하루 씨, 이거 어때?"

아야노의 목소리가 들림과 동시에 침실 문이 열렸다.

아야노는 데님으로 된 아우터에 캐주얼한 숏 팬츠를 매치한 시원한 모습이었다. 아우터 아래로는 롱 티셔츠를 입고 있었다. 다리 전체가 드러나는 노출이 심한 옷임에도 건강한 인상이 더 강하게 느껴지는 것은, 본인의 타고난 기질과 옷차림 덕분인가.

"잘 어울려. 엄청 잘 어울려."

나는 벌써 몇 번이나 반복되는 대사를 입에 올렸다. 본심에서 나오는 말이었지만 사용 횟수에 따라 마모되어 갔다. 매번 다른 감상을 전해줄 만큼 옷에 대한 지식이 많은 게 아니었다. 이미 사용할 어휘는 모두 떨어진 상태다. 다양한 감상을 요구하면 곤란했다.

하지만 즉흥 패션쇼를 보는 것 자체는 생각보다 재미있었다.

여자의 옷은 남자 옷보다 종류도 많았고, 계속해서 조금씩 인상이 바뀌어 가는 모습을 보면 평범하게 감탄이 나왔다. 그리고 그 외에도, 어느새 이 정도나 되는 옷을 집에 들여다 놨구나, 하는 놀라움도 있었다.

"아야노는 날씬해서 뭘 입어도 잘 어울리네."

"그렇진 않은데, 헤헤, 고마워."

아야노는 서투른 감상의 말에도 만족스러운지 가슴을 폈다.

뒤이어 침실 문이 활짝 열렸다.

"하지만 본무대는 이쪽이야!"

"앗, 저기······."

아야노에게 끌려 나온 형태로 시오리가 수줍게 얼굴을 내밀었다.

시오리는 투명감이 있는 쉬폰 블라우스에, 그녀로서는 드물게 미니스커트를 입고 있었다. 대담한 의상에 마음이 놓이질 않는 것인지, 시오리는 연신 분주하게 눈동자를 굴리고 있었다.

화장도 아야노가 손을 봐준 것 같았다.

안경까지 벗고 있어서 전체적으로 평소보다 밝은 느낌이다.

앞머리는 조금 자르고, 머리는 땋아 올린 탓에 조금 더 어른스러워 보였다.

아아, 응. 역시 미인.

외출복 차림의 두 사람을 보며 새삼 그런 생각이 들었다.

계열은 다르지만 양쪽 모두 같은 반에 있었다면 주목을 받을 타입이었다.

나는 한동안 넋을 잃고 있던 탓에 감상을 전할 기회를 놓치고 말았다. "······어때요?"라는 시오리의 물음에 정신을 차린 나는 서둘러 어른의 여유를 담아 답해주었다.

"시오리도 정말 잘 어울려. 앞머리 자르니까 인상이 더 밝아졌네."

"저, 정말인가요……?"

"시이, 가슴이 커서 엄청 고생했어~. 스타일은 좋은데, 뚱뚱해 보이는 것도 아깝고. 그보다 내 옷 중에선 단추가 잠기는 게 없어서 말야~."

"아, 아야노……?"

그렇게 대단한 건가. 그러니까, 가슴이.

"참고로 다리 페티시인 하루 씨를 위해, 용기 내서 다리를 드러내 봤어."

"아, 아아아, 아야노."

아야노의 거침없는 발언에 시오리가 쩔쩔매며 입을 막았다.

아야노는 한술 더 떠 자랑스럽다는 듯이 시오리를 칭찬했다.

"시이 완전 인기 많을걸. 반 남자애들한테 음지에서 제일 인기 있을 타입."

"그렇지…… 않, 아요……."

"아아 그래도, 그건 어쩐지 알 것 같아."

나는 아야노의 의견에 동의했다.

남자아이는 상냥하게 대해주는 여자아이에게 약한 경향이 있다.

시오리가 지우개라도 주워달라고 한다면 동급생 남자아이는 초 단위로 반할 것이다. 남자아이는 온순한 계열의 귀여운 여자아이에게 조금만 상냥한 대우를 받아도 초 단위로 반하는 경향이 있다.

역 도보 7분 1DK. JD, JK 포함.

참고로 조금 화려한 애가 상냥하게 대해도 "저 아이가 실은 좋은 애라는 걸 알고 있어"라면서 초 단위로 좋아하게 되지만. 내 안의 남자아이는 그랬다.

아야노는 내 동의에 기분이 들떴는지, 한층 더 시오리에게 다가갔다.

"근데, 대학교에서 진짜 인기 없어? 동아리 같은 데서."

"앗, 저는 그…… 여대라서."

"엑, 그랬어? 어디어디?"

"저기…… 도쿄 스텔라 마리스 여자 대학이라고, 니시오기쿠보에 있는……."

"에엥~, 머리 좋은 아가씨였네! 근데 아깝다. 공학이라면 지금쯤 주지육림이었을걸?"

"그, 그렇지 않……."

"그렇지? 하루 씨, 맞지?"

"주지육림에 하렘이라는 뜻은 없는데. 뭐, 시오리는 매력적이라고 생각해."

성격도 상냥하고, 언제나 침착하고.

여러 사람들에게 인기가 많을 법도 했다.

본인의 기질상 그것이 행복인지는 모르겠지만.

그녀의 경우, 마음고생 쪽이 더 심할지도 몰랐다.

"뭐, 인기가 있어도 전혀 이상하지는 않지."

내가 그렇게 긍정하자 시오리는 수줍은 듯이 고개를 푹 숙였다. 그 옆에서 아야노는 이미 제 할 일을 마친 것 같은 얼굴을 하고 있었다. 오늘의 본론을 잊고 있는 건 아닐까.

"두 사람 다 준비됐어? 슬슬 나갈까 하는데."

그렇게 물으니 두 사람에게 괜찮다는 대답이 돌아왔다.

좁은 현관에서 신발을 신고 우리는 『오, 가격 그 이상*』인 가구 매장으로 향했다.

○

아사가야역까지 걸어가서 중앙 소부선 치바행 완행 열차에 올라섰다.

신주쿠역에서 내리면 가구점은 코앞이었다. 총 5층으로 되어 있고 층마다 조명부터 수납, 주방 욕실용품, 침구류, 커튼, 심지어 프로의 손길이 닿은 코디룸까지 폭넓은 라인업을 두루 갖추고 있었다.

가구점에 발을 들인 직후, 나는 나도 모르게 감탄을 뱉었다.

"오오, 생각보다 대단한데?"

뭐랄까, 『생활감』이라는 것이 한껏 느껴졌다.

세상 사람들은 이만한 아이템들을 갖추고 충실한 삶을 보내고 있는 걸까. 그동안의 내 삶이 얼마나 조잡했는지 실감할 수 있었다.

"이게 성실한 삶이라는 건가."

"하루 씨, 감상이 이상해. 시이, 어디부터 돌아볼까?"

"아, 지금 쇼핑 리스트 꺼낼게요······."

*니토리의 유명한 슬로건. 일본의 저렴한 가구 회사.

감동하는 내 모습은 전혀 개의치 않고, 아야노와 시오리는 쇼핑 리스트를 살펴보았다.

- 빨래 바구니
- 세탁망
- 빨래걸이
- 화장실 변기 커버
- 욕실 매트
- 커튼
- 수납 박스
- 새 담요

다시 보니 상당한 양이었다. 몇 가지는 택배가 필요한 것도 있었다. 아야노와 시오리는 쇼핑 리스트를 보면서 "지금까지 잘 버텼구나"라는 표정을 지어 보였다.

아니, 빨래걸이 같은 건 집에 없는 것은 아니었다. 오래된 탓에 열화되어 절반 정도의 빨래집게가 쓰지 못하게 되었을 뿐이다. 플라스틱 부품 같은 것은 자외선을 오래 쬐면 쉽게 부서지기도 하고.

그리고 빨래 바구니는 평범하게 없다. 세탁망도 없다……. 대체로, 없긴 하네.

"우선, 위층부터, 가 볼까요……."

"5층에는 볼일이 없을 것 같고, 그럼 4층부터인가?"

"그러네요. 커튼부터, 보도록 해요……."

"하루 씨, 커튼 없이 생활하는 거 좀 이상해."

"침실에는 있잖아, 침실에는."

"거실엔 없었잖아. 제일 많이 쓰는 공간인데."

대학 졸업 때 1K*에서 1DK로 이사를 해서, 늘어난 공간만큼 커튼이 부족해진 탓이었다. 있으면 편리하지만 없어도 생활이 크게 불편하진 않을 것 같아서 그 후로 3년 정도 커튼을 사지 않고 살고 있었다.

나는 "살다 보면 어떻게든 되는 법이야"라며 경험자의 입장에서 대답해주었다.

무뢰파 작가 같은 발언에 시오리가 의아한 얼굴로 물었다.

"하루후미 씨는, 그…… 미니멀리스트, 같은 건가요?"

"뭐, 그런 측면도 있다고 볼 수 있지."

"그냥 귀찮았던 거겠지~. 커튼 사는 게."

시오리의 상냥한 해석을 아야노의 현실적인 답안으로 1초 만에 망쳐버렸다. 뭐, 미니멀리스트였다면 책의 탑 같은 것을 방에 쌓아놓진 않았을 테니 아야노 말이 맞긴 했다.

무뢰한도 아닌, 요컨대 그냥 나태한 삶일 뿐이다.

우리는 커튼 이야기를 이어가면서 에스컬레이터까지 이동했다.

앞서가는 시오리와 아야노를 나는 유유낙낙하게 따라갔다.

아야노가 먼저 에스컬레이터를 타고 시오리가 그 뒤를 따랐다.

시오리가 계단에 오르기 직전, 내가 말을 걸었다.

"시오리, 탈 때 조심해. 오늘 기장이 짧으니까."

"아, 네…… 저기…… 감사, 해요."

*일본식 집 구조. 방 하나에 주방(Kitchen)만 따로 있는 구조.

"아아, 응. 아니, 천만에."

사실 가구점에 오는 길에서도 조금 신경이 쓰였다. 미니스커트에 익숙지 않은 탓인지 시오리의 뒷모습은 다소 무방비했다.

계단 같은 곳에서는 특히 주위의 시선이 쏠렸고.

시오리는 다리 선도 예쁜 편인데, 그에 비해 이런 것에 전혀 익숙지 않은 것 같은 모습이 오히려 심장에 해로웠다. 단아한 분위기와의 갭은 이성에게 파괴력이 높았다.

시오리는 스커트를 누르고 계단에 올라섰다.

나도 뒤이어 에스컬레이터를 탔다. 정면을 향하고 있으면 자연스럽게 시오리의 다리가 시야에 들어와 눈을 둘 곳이 없었다. 시오리도 약간 긴장하고 있었다. 두 사람 다 마치 감수성 풍부한 중학생 같았다.

이 나이에 사춘기인 건가, 나는? 부끄러운 이야기다.

"잠깐 거기~, 현역 여고생 놔두고 사춘기 같은 분위기 내지 말아줄래?"

"사춘기 아니다. 신사적이라고 해줘."

"신사라면 집에 커튼 정도는 걸어놓지 않겠어?"

아야노는 새침한 얼굴로 쏘아붙였다.

어딘가 가시 돋친 말투다.

"아야노 씨, 왠지 나한테 쌀쌀맞지 않아?"

"딱히? 그런 거 아닌데?"

아야노는 그렇게 말하면서, 역시 심술궂게 굴고 있었다.

너까지 사춘기인 거냐——. 아니지, 이 녀석은 진짜 사춘기였지.

그런 생각을 하고 있는데 아야노는 불만스럽다는 듯이 투덜거렸다.

"그거 알아? 꽃은 물을 똑같이 주지 않으면 시든다는 거."

"무슨 말인지는 모르겠지만 관엽 식물을 키울 계획은 없어."

"아아~, 델리커시 제로."

"그렇게 말하니까 필살기 이름 같네."

"아니, 뭔 말인지도 모르겠어."

개인적으로 『코카콜라 제로』도 필살기 이름 같다고 생각한다.

가타카나에 제로가 붙으면 대체로 필살기 같다. 그리고 칼로리 제로라든가. 중성 지방이 신경 쓰이는 사람에게 추천하는 필살기다.(죽여서 어쩌려고)

"타니가와 씨?"

4층에 도착해 에스컬레이터에서 내릴 타이밍이었다.

등 뒤에서 회사에서 들은 것 같은 목소리가 났다.

나는 멈춰 서서 떨떠름한 얼굴을 지어 보였다.

이쪽을 되돌아본 아야노와 시오리가 "?"라는 얼굴로 내 떨떠름한 얼굴에 의문을 표했다.

나는 그녀들에게서 조금 물러선 후, 마지못해 뒤를 돌아보았다.

그곳에 있던 것은 민소매 검은 셔츠에 스키니한 흰 팬츠를 입은 여성이었다.

"양손에 꽃이라니 팔자가 좋으시네요, 타니가와 씨."

내 등 뒤에는, 역대 최고로 사나운 눈초리를 한 마리아가 서 있었다.

○

　"이사 준비를 도와주기도 하는군요. 뭔가 의외네요."

　"뭐, 고향 친구 부탁이니까."

　"하지만 타니가와 씨라니, 사람을 잘못 고른 것 같은데요."

　"그래? 이래 봬도 혼자 산 지 꽤 됐는데."

　"얄팍한 시간을 아무리 거듭한다 해도 그걸 경험이라고 부르지
않아요."

　마리아는 커튼 매장을 걸어가며 내가 만들어 낸 즉흥 시나리오
를 그렇게 평가했다.

　참고로 마리아에게는 그럴싸하게 둘러댄 내용을 전해두었다.
『고향의 지인이 이사를 준비 중이라 필요한 물건들을 함께 둘러
보러 왔다』는 것이었다.

　나는 혼자살이 선배로서 시오리에게 조언을 해준다는 설정.

　시오리가 이사할 곳을 찾고 있는 것은 사실이었고, 고향의 지
인이라는 것도 사실이었기 때문에 진실성은 높았다. 아야노는 시
오리의 학교 친구라고만 해두었다. 사실을 그대로 전한다 해도
불필요한 억측만 살 뿐이다. 결코 바람을 숨기고 있는 것이 아니
다. 애초에, 나와 마리아는 딱히 사귀는 게 아니었다. 타케바야시
녀석이 괜한 말을 해서 그렇잖아.

　"저…… 저기."

　"저 사람이랑은 무슨 사이야?"

아야노와 시오리는 마리아 앞에서 꿔다 놓은 보릿자루가 되어 있었다.

나는 간략하게 소개했다.

"직장 동료인 야마데라 마리아 씨."

마리아는 무표정한 얼굴로 "안녕하세요"라고 짧게 인사했다.

친근한 태도를 보이는 건 바라지도 않았지만, 뭔가 좀 더 괜찮은 게 있지 않았을까? 소고기덮밥 가게의 발매기 쪽이 더 인간미가 느껴진다. 최근 기기는 예의 있게 "어서 오세요"라는 인사도 해주는데.

아야노와 시오리는 그녀의 기세에 약간 눌린 모습이었다. 이해하지 못하는 건 아니었다. 나는 비교적 스스럼없이 말할 수 있는 상대였지만, 이 쌀쌀한 태도는 남이 보기엔 충분히 무서울 거다.

마리아도 두 사람에게 말을 걸지 않고 나와 커튼을 보며 말했다.

"높이 같은 건 잘 재 왔나요?"

"그렇게까지 어설프진 않아. 마리아는 뭐 사러 온 거 아니야?"

"배송까지 끝났거든요. 타니가와 씨의 뒷모습이 보여서 따라와 봤을 뿐이에요."

"그럼 그건가, 한가한 사람?"

"여가를 확보할 수 있는 정도의 계획성이 있는 것뿐이죠. 타니가와 씨에게는 어려운 일인가 봐요?"

"다람쥐 쳇바퀴 돈다는 말 알아?"

"뚜렷한 진척 없이 같은 곳을 계속 맴돈다는 뜻이죠."

"지금의 너 같은 녀석에게 딱 어울리는 말이야."

나는 내 방에 맞을 만한 커튼을 골랐다.

아야노와 시오리는 어딘지 위축되어 있었고, 마리아는 그런 두 사람을 빤히 쳐다보고 있었다.

주변으로 이상한 긴장감이 감돌고 있다.

나는 커튼을 다 고르고 "이거면 되겠네"라고 하면서 주문 카드를 뽑았다.

마리아가 "어?" 하는 소리를 냈다.

나는 "뭐?"라며 의아한 표정을 짓고 있는 마리아에게 물었다.

"타니가와 씨가 골라도 되는 거예요? 저 여자분 집에 쓸 커튼인데?"

"응? 아아아?! 그렇지! 시오리, 이걸로 괜찮을까?"

"앗…… 저기…… 네, 네, 조, 좋네요!"

"아아~, 그래~, 다행이네!"

내가 벌여놓은 주제에 연기하는 게 죽을 만큼 서툴렀다.

아니, 이미 반쯤 죽어 있었다.

"……타니가와 씨, 어쩐지 땀이 좀 많이 나는 것 같은데요?"

그건 아마 식은땀일 것이다.

마리아는 드물게 걱정스러운 표정을 지어 보였다. 아무리 쌀쌀맞은 사람이라도, 동료가 갑자기 큰 소리를 내며 불온한 거동을 보인다면 의심하기보단 걱정을 먼저 해주는 것 같았다.

"타니가와 씨, 야근을 너무 많이 해서 뇌가 망가졌나요?"

"아니, 최근엔 좀, 정말 그런 게 아닌가 싶은 일들이 있긴 했어도……."

반박하려고 했지만, 요즘 내 상태를 돌이켜보니 차마 말이 나오지 않았다.

여고생을 데려온다든가.

탈의실 문을 연다든가.

정말 뇌에서 부패가 진행되고 있는 건 아닐까? 최근 어디선가 들었던 뇌사 기사를 떠올리며, 나는 약간 우울한 기분이 되었다. 기분과 함께 머리까지 내려가서 고개가 푹 떨궈졌다.

"하아. 그럼 잠깐, 실례."

마리아는 정말이지 자연스럽게 손을 뻗어 내 이마에 손을 얹었다.

서늘할 정도로 차가운 손이다. 라는 생각이 들었다.

"──아?"

"……어?"

시오리와 아야노가 동시에 얼빠진 목소리를 냈다.

마리아는 자신의 이마에도 손을 얹은 채 조용히 열을 재고 있었다.

나는 어리둥절하여, 벙찐 얼굴로 마리아의 얼굴을 쳐다보았다.

평소와 다름없이 살짝 나른한 듯한, 하지만 어딘가 진지해 보이는 느낌이었다.

"열은 뭐, 안 나네요."

"어, 어어."

"하지만 피곤해 보이시니 친절도 적당히 베푸는 게 좋겠죠."

"아, 아아."

"그리고 입, 그렇게 벌리고 있으면 보기 흉해요."

"으음."

마리아가 내 입을 꾹 눌렀다.

내 얼빠진 얼굴이 만족스러운 것인지, 마리아가 슬쩍 입꼬리를 올리며 말했다.

"오늘은 이만 가볼게요. 나중에 술이나 같이 마셔요."

마리아는 흡연실로 가려는 것인지 에스컬레이터를 타고 그대로 사라졌다. 아야노와 시오리는 멍한 표정으로 그런 마리아의 뒷모습을 배웅했다.

게다가 나 역시 여우에게 잡혀가기라도 한 것 같은 얼굴을 하고 있었던 것 같다.

조금 더 구체적으로 말하면, 잡힌 것은 입이지만.

그보다 저렇게 거리감이 가까운 녀석이었나.

『굳이 따지자면 오래 사귀어서 권태기에 들어선 커플 간의 대화 같았어요.』

뇌 속의 타케바야시가 쓸데없는 소리를 지껄였다.

지금은 약간, 남에게 "이비인후과 다녀와"라고 말할 처지가 못될 것 같다.

○

마리아가 떠난 후, 우리는 전시장 내 소파에 앉아 있었다.

3인용 소파다.

빨간색 가죽으로 되어 있고, 앉으면 푹신하게 가라앉는 느낌이었다. 서민적인 가격대면서도 적당히 고급스럽다. 내 양옆에는 아야노와 시오리가 앉아 있었고, 나는 멍하니 조명을 바라보고 있었다.

딱히 그대로 쇼핑을 계속 이어가도 상관이 없었는데, "잠깐 얘기 좀"이라는 아야노의 말에 따라 지금 여기에 앉아 있었다. 이어서 아야노가 입을 열었다.

"하루 씨, 여친 있었구나."

불가사의한 울림을 가진 말이었다.

나는 내 기억을 더듬어 본다.

나에게, 여친―― 그러니까 "고정적 관계를 유지 중인 여성"이 있었나.

여지껏 이런 슬픈 자문자답이 있었던가.

나는 냉정하게, 아무리 생각해도 정답이라고 생각되는 답을 내놓았다.

"아니, 나는 지금 분명 솔로다. 마리아와는 사귀는 관계가 아니야."

"하지만, 조금 전에, 그…… 이마에……."

"뭔가 엄청 가까워 보였어. 대화도 뭔가 그렇고, 전체적으로 좀."

"……."

타케바야시에게 그런 말을 듣고, 두 사람에게도 이런 말을 들으니 조금 자신감이 사라졌다.

나는 나도 모르는 사이에 마리아와 사귀고 있었단 말인가. 설마. 서로 집이 어딘지도 모르는데 그럴 리가 있나? 그렇지만 생각해 보니, 같이 술을 마신 뒤 기억이 날아간 경험이 한 번 있었다. 그때 무슨 일이 있었던 걸까.

아니 그래도, 좀 아니지 않나.

사실상 만취 상태에서의 약속은 법적 효력이 없을 터였다.

"하루 씨, 부정하지 않는다는 건 설마 정말로——"

"아니, 그거야, 마리아는 술친구니까. 거리감이 기본적으로 술을 마실 때처럼……."

"그러고 보니…… 이름을, 부르는군요……."

"앗, 그러네, 시이."

갈수록 태산, 이라는 말을 몸소 체험하고 있었다.

체험 속담 현장이 되고 말았다.

참고로 "마리아"라는 호칭에 대해 말하자면 깊은 이유는 없다. 술자리에서 "마리아라고 불러도 돼요"라는 말을 듣고 딱히 거절할 이유도 없었기에 업무시간 외에는 그렇게 부르는 것뿐이었다.

아니 그보다, 잠깐만 기다려 봐.

왜 내가 동거인에게 이런 미안한 마음을 가지는 분위기가 조성되어 있는 것인가.

전제조건이 이상한 것 같은데.

"애초에 내가 누구랑 사귀고 있든 아무래도 상관없지 않아?"

"그건……."

"그럴지도, 모르지만. 좀, 안 좋은 게 아닌가 싶어서."

나는 "뭐가?"라는 얼굴을 해 보였다.

안 좋을 건 또 뭔가.

양옆의 아야노와 시오리가 나를 사이에 두고 시선을 마주했다.

두 사람 사이에 무언가 합의가 진행된 것인지 아야노가 먼저 입을 열었다.

"우리가 방해되는 건가 하고."

"방해?"

"그야 여친이 있으면, 그, 집으로 부른다거나——."

아아, 그런 건가.

즉 주거지에서 쫓겨날지도 모른다는 염려에서 나온 반응이었다. 납득한 나는 "그런 거였군" 하고 안심했다. 두 사람이 심각해보이기에 덜컥 겁을 먹었는데, 그럴 거라면 걱정할 필요가 없었다. 걱정할 필요가 없다는 것은 또 그거대로 슬픈 이야기지만.

아니, 그래도 삶의 다양성은 중요하다.

여친의 유무도 다양한 것이다. 혼자 사는 것도 삶의 한 형태다.

그러니 딱히 슬퍼할 필요도 없다.

그보다 일단 본론으로 돌아오자.

"나한테 여친은 없고, 그렇다 해도 갑자기 『나가』라고 할 리도 없잖아."

"하지만——."

"그렇게까지 한심한 놈으로 보면, 아무리 나라도 좀 섭섭한데."

내가 되는 대로 사는 어른이라는 건 인정한다.

시오리가 이사하는 이유도, 아야노가 밤에 돌아다니는 이유도,

나는 물어본 적이 없다.

솔직히, 그 정도밖에 안 되는 인간이라고 비난받는다면 할 말은 없었다.

하지만 어떤 문제가 있다는 것은 알고 있고, 어느 정도 이해하고 있었다.

그 문제는 본인들이 스스로 해결하게 될까. 아니면 그저 시간이 지나면 해결되는 것일까. 어떤 형태로 결착될지는 모르지만, 그때가 오기도 전에 내가 먼저 "나가 달라"라고는 말하지 않을 생각이었다. 당연히, 도움을 줄 수 있는 상황이라면 나도 협력은 아끼지 않을 것이고.

나의 변함없는 기본자세.

오는 사람은 막지 않고, 가는 사람은 쫓지 않는다.

그리고 마지막으로—— 의견을 물을 필요도 없는 얘기였다.

"애초에 내가 놔준 다리야. 너희들이 건너가기도 전에 무책임하게 빠진 않을 거야."

오해가 없도록 자신의 입장을 전해두었다.

아야노와 시오리는 입을 다물고 있다.

나름 힘주고 말한 건데 반응이 없으면, 상당히 민망하다.

"……."

"……."

10초 정도 지나자 "역시 말하지 말걸"이라는 기분이 들었다. 사람이 좋은 말을 하려고 하면 대개는 실패하기 마련이다. 교장 선생님의 훈화라든가.

"뭐, 그렇다는 거지."

앉아 있기 힘든 공기에, 나는 결국 자리에서 일어났다.

예쁘게 차려입은 여고생과 여대생은 자신이 뱉은 대사를 참지 못하고 있는 남자의 추태를 한참이나 바라보다가, 잠시 후 조심스레 웃음을 터뜨렸다.

"젠장, 이젠 맘대로 갈 거니까 알아서들 해!"

나는 주머니에 손을 넣고 남은 목록을 보러 갔다.

뒤에서 두 사람의 웃는 소리가 들려왔다.

두 여자가 내 뒤를 따르면서 들뜬 목소리로 말했다.

"후후, 방금 건, 저기, 나쁜 의미로 웃은 게 아니라……."

"후후, 아하하하. 왜 그래~ 그런 걸로 어른이 삐지기는."

"어른이고 뭐고 애초에 안 삐졌는데?"

"아, 잠시만요. 다음으로 갈 곳은……."

"하아~, 손이 많이 가는 아저씨라니까. 자, 팔짱 껴줄 테니까 삐지지 마."

"별로 삐진 거 아닌데?!"

"아, 두 사람 다, 그쪽이 아니에요. 후후……."

뒤따라온 두 사람에게 양팔을 잡힌 채로 나는 쇼핑을 재개했다.

그 후의 쇼핑을 말하자면 꽤 즐거웠다.

아야노에게 담요를 고르도록 권했더니 "디자인이 다 별로니까 그냥 지금 걸로 참아 줄게"라며 묘한 배려를 받기도 하고, 시오리가 전시품인 밸런스 볼에 넘어질 뻔하기도 하고.

그때는 나와 아야노가 황급히 그녀를 붙잡았다.

그래도 미니스커트니까 정말 조심해 줬으면 좋겠다. 까딱 잘못하면 유혈사태가 날 판이었다. 내가 목격자들의 안구를 찔렀을 테니까.

양손 한가득 짐을 안고, 우리는 아사가야의 1DK로 돌아갔다.

아, 참고로—— 나는 전혀 삐지지 않았다.

○

"저, 하루후미 씨……."

돌아오는 전차 안에서, 내 오른쪽에 앉아 있던 시오리가 내게 조심스레 말을 걸었다.

나는 잠시 그녀의 모습을 확인하고 귀를 기울여 듣는 자세를 취해주었다.

그녀는 눈을 내리뜬 채, 무언가 말하려다가 곧 말을 삼켰다. 목에 뭔가 걸린 것처럼, 적당한 말을 찾는 것처럼, 답답한 듯한 모습이었다. 나는 전철이 달리는 소리를 들으며 기다렸다.

한 정거장이 지날 때까지 기다렸다.

말은 아직 들려오지 않는다.

그 대신 아야노의 콧노래가 들려왔다. 무슨 곡인지는 모르지만 유행하는 건가.

다음에 알려달라고 해도 좋을 것 같았다.

토요일의 전철 안은 평일의 출퇴근 시간보다 훨씬 한가해서, 느긋하게 시간이 흘러가고 있었다.

한 정거장 더 기다렸다.

들려오는 말은 없다.

한 정거장만 더 가면 우리가 내릴 역이다.

봄과 여름 사이의 따뜻하고 부드러운 빛이 차내에 새어 들어오고 있었다.

잠시 옛날 생각이 났다.

자신의 방에서, 어린 그녀와 함께 비디오게임을 하고 있었을 때의 일이다.

하고 싶은 게임을 고르고 있는 그녀를 옆에서 기다리는 그 시간이, 나는 꽤 좋았다.

그녀는 한참 생각에 잠기는 경우가 많아서, 힐끔거리며 나를 돌아보는가 싶다가도 다시 골똘히 게임팩을 비교하고는 했다. 그리고 조용히 "이건, 어떨까요……?"라며 물어오는 것이다.

차창 밖의 경치가 낯익은 거리로 변해 갔다.

나는 시오리를 한 번 더 쳐다보고는 정면을 향해 돌아섰다.

──딱히 서두를 필요 없어.

──말하고 싶을 때 하면 돼.

그런 말조차 그녀에겐 분명 짐이 될 것이다.

그래서 나는 더 이상 묻지 않고 조용히 차창 밖을 바라보며 기다리기로 했다. 기다리는 것은 힘들지 않았다. 나의 특기는 미루는 것과 멍하니 기다리는 것이라고 해도 좋을 정도다.

그런 일을 자랑스럽게 말하지 말라며, 어머니께 자주 비웃음을 사기도 했다.

부모의 욕심 같은 것은 전혀 없는 사람이었다.

일정한 속도로 바뀌던 차창 밖의 풍경이 점차 느려졌다.

시오리는 바람이 새는 듯한 작은 소리로 내게 말했다.

"조금만 더…… 같이 있어도 될까요?"

언제까지, 어째서.

그것들은 여전히 빠져있다.

하지만 그녀가 바라는 것은 알 수 있었다. 그거면 충분했다.

"원하는 만큼 있어도 돼."

이번에야말로 자연스럽게 말한 것 같은 기분이 든다.

전철이 아사가야에 닿았다.

제 4 화 ◯ 졸업 앨범, 머리 손질

일요일 아침, 나는 침낭에서 멍하니 졸고 있었다.

아야노에게 담요를 사주지 않은 대신 내가 쓸 요량으로 침낭을 사 보았던 것이다. 소파에 깔아놓고 써봤는데 이게 꽤 느낌이 좋았다. 평일이라면 벌써 일어났을 시간. 습관적으로 눈이 뜨였지만 조금만 더 게으름에 젖어 있고 싶었다.

그렇게 생각하며 소파 위에서 꿈지럭거리고 있는데, 머리에 부드러운 것이 닿았다.

"웃쌰."

이건 아마 아야노의 허벅지일 거다. 내 머리를 밀치고 앉아 있는 걸 보면.

밀려나는 바람에 소파에서 내 다리가 삐져나왔다.

나는 다리를 굽히려고 꿈지럭거렸다. 조금 자기 힘든데.

"어, 하루 씨 일어났어?"

"자고 있어."

나는 눈을 감은 채 대답했다.

아야노는 "일어났네, 뭘" 하면서 TV를 켰다. 의외로, 우리 집에서 제일 일찍 일어나는 사람은 아야노였다. 시오리도 아침에는 약한 것 같았다. 거의 니치아사 시간*까지 잠을 잔다.

아야노는 특별한 목적 없이 채널을 이리저리 돌리고 있었다.

---

*일본의 TV아사히에서 방영하는 아침 어린이 방송 시간. 08:30~10:00까지 다양한 프로그램이 진행된다.

게다가 심심한 것인지 내 머리끝을 만지작거리면서 빙글빙글 꼬고 있다. 나는 "뭐야?"라고 눈을 감은 채 물었다.

"아직도 자?"

"다시 자고 있잖아."

"일어났으면서. 발도 삐져나와 있는데?"

"밀어낸 거, 너 아니냐."

"침대 비었어. 나 일어났으니까 써."

"시오리랑 같은 방인데 어떻게 자냐."

"흐음, 그럼 어쩔 수 없지."

뭐가 어쩔 수 없는 것인지를 생각하고 있는데 가볍게 머리가 들렸다.

그러더니 부드러운 베개 위에 머리가 놓였다.

눈을 뜨자 아야노의 가느다란 목이 눈에 들어왔다.

아야노는 무료한 듯이 TV를 보고 있었다. 탁자에 놓인 컵을 들고 입에 가져가자 가는 목이 꿀꺽, 하고 움직인다. 나는 그녀의 무릎을 벤 채 그것을 바라보고 있었다.

아야노가 내 시선을 알아차리고 TV를 보면서 입을 열었다.

"자는 거 아니었어?"

"아아, 응. 뭐 마셔?"

"우유 데운 거. 줄까?"

"아침은 커피파야."

"그럼 아침저녁으로 커피인 거네. 설탕은 스틱 한 봉 반. 이미 외웠어."

"설탕량 같은 건 또 언제 봤어?"

"그냥 평범하지 않나? 같이 살고 있으니까."

뭔가 평범하게 대화하고 있는데, 지금 나는 무릎베개를 하고 있었다.

문자로는 굉장히 차분해 보일지도 모르겠으나 나는 동요하고 있다.『이런 게 뭐 별거 있나』라고 생각했었는데, 막상 겪어보니『굉장히 별거 있는 느낌』이 들었다. 놀이공원의 어지간한 어트랙션 수준이었다.

스플래시 마운틴* 정도로 두근거리고 있었다.

"커피, 한 잔 타줄까?"

"어? 아니, 괜찮아."

"그래?"

아야노가 다소 냉담한 투로 대답했다. 나는 눈을 감고 잠을 자는 척을 이어갔지만 의식은 완전히 깨어나서 뒤통수에 쏠려 있었다.

괜히 의식하고 있다는 걸 깨닫는 것도 불만스러웠지만, 전혀 의식하지 않을 정도로 나에게 번뇌가 없는 것은 아니었다. 대체로 번뇌가 없다면 인류는 종족을 존속할 수 없었을 테니 오래전에 멸망했을 거다. 자신의 번뇌에 대한 핑계로 종족의 존속을 거들먹거리는 녀석은 절대적으로 이상한 놈이라고 생각하지만.

아야노는 내가 의식하고 있는 것을 아는지 모르는지, 계속해서 내게 말을 걸었다.

---

*도쿄 디즈니랜드에 있는 어트랙션. 플룸라이드와 비슷하다.

"하루 씨는 보통 휴일에 뭐 해?"

"책 읽거나, 영화 보거나. 가끔 박물관도 가고."

"혼자서?"

"사회인이 된 이후로는 대체로 그렇지."

"그럼 외롭지 않아?"

"별로 그렇게 생각해 본 적은 없네."

영화관은 혼자서 가고, 책은 마리아와 서로 빌려 보는 정도였다. 요즘 시대에 오락거리는 넘치고도 남을 정도이니 보고 싶은 것, 읽고 싶은 것이 닳을 일은 없다.

사실, 일이 바쁜 것도 이유 중 하나였다.

지난 몇 년 동안은 외로움을 느낄 겨를도 없었다.

하지만 지금 생활 그대로 학창 시절로 돌아간다면 약간의 외로움은 느꼈으려나. 주변은 무리 지어 행동하는 가운데 나만 혼자였다면, 고독을 한탄했을까.

"혼자 있는 걸 좋아하나 보네?"

"사람들과 시간을 맞추는 게 서툴러서 그런 게 아닐까."

한동안 눈을 감고 있으면서 깨달았다. 이 상태로 잠들기엔 무리가 있다. 정신이 이상하게 맑아져서 더는 한계였다. 나는 다시 자는 것을 포기하고 눈을 떴다.

아야노와 정면으로 눈이 마주쳤다.

TV가 아니라 이쪽을 보고 있었던 것 같다.

아야노가 조금 놀랐는지 눈을 동그랗게 떴다. 그러고는 장난스럽게 웃으며 물었다.

"어라~, 다시 자는 거 아니었어~?"

나는 일어나기 아쉬운 베개에서 머리를 떼고, 자는 동안 뻗친 머리를 손으로 대충 빗어 정리했다.

"하루 씨, 머리 부스스해."

"뭐 좀 먹을까. 아침."

"만들 거야?"

"식빵 구워서 마요네즈 바르고 베이컨이랑 계란프라이 얹어서 먹으려고."

"아, 맛있겠다."

"시오리 것도 같이 만들까. 아니, 그보다 재료가 있었나."

난 소파에서 일어나 주방으로 갔다. 아야노는 내 뒤를 졸졸 따라오더니 내 어깨 위에 턱을 걸치기도 하고, 아무튼 축 늘어진 채 내가 요리하는 모습을 보고 있었다.

"후암……. 좋은, 아침이에요……."

시오리가 일어났을 때, 나와 아야노는 계란프라이를 얹은 빵을 먹고 있었다.

구운 빵과 마요네즈, 계란프라이, 그리고 소금과 후추로 맛을 낸 베이컨이 한입에 모두 느껴졌다. 만드는 건 간단하지만 꽤 맛있는 아침 식사였다. 계란프라이는 반숙이 딱 좋은 느낌.

시오리는 잠이 덜 깬 것인지 멍한 얼굴로 식탁을 바라보고 있었다.

나와 아야노는 우물우물 입을 움직이고는, 꿀꺽 삼키고 나서 입을 열었다.

"좋은 아침이야."

"좋은 아침~."

"정말…… 맛있어, 보이네요…… 후암."

"시이, 아직 졸려 보여."

"계란프라이랑 베이컨, 시오리 몫도 있어. 프라이팬 뚜껑 덮어 놨으니까 편하게 써."

"아, 음…… 감사, 합니다."

시오리는 아직 반쯤 잠에 취한 눈으로 천천히 주방으로 향했다.

정말 아침은 약한 것 같다.

5분 정도 지나자 시오리가 세수를 마치고 돌아왔다. 세수하기 전 토스터기를 맞춰 놓은 것인지 금세 그녀 몫의 식사가 완성되었다.

셋이 모여 하는 아침 식사.

시오리가 계란프라이가 올라간 빵을 우물거리는 동안, 옆에서 나는 식후에 마실 커피를 탔다.

아야노는 아직 빵을 먹고 있었다.

작은 입으로 조금씩 베어 먹는 모습이 어딘가 작은 동물을 연상시켰다.

"시이는 휴일에 보통 뭐 해?"

"저는…… 음…… 게임 같은 거?"

"앗, 게임을 해?"

"아, 네…… 취미로 조금…… 저기, 이것저것……."

게임이라는 대답에 아야노는 의외라고 생각한 것 같았다.

하긴 시오리는 아가씨라는 인상이 강한 데다, 다니고 있는 여대의 이미지를 생각해도 게임을 한다는 것과는 거리가 멀어 보였다. 나도 어렸을 적 함께 했던 기억이 없었다면 아야노와 비슷한 반응을 보였을지도 모른다.

나는 뜨거운 커피를 조금씩 마시며 질문을 반복하는 아야노에게도 물어보았다.

"여고생은 뭐 하는데, 휴일에."

"으음. 전엔 동아리 활동했는데, 지금은 딱히 안 하니까. 그냥 보통 남들 하는 거?"

"여고생의 보통이 뭔지 모르겠는데."

학창 시절에도 여자와 접점이 있는 편은 아니었지만, 사회인이 되고 나면 여고생과 이야기할 기회는 없어진다. 아니, 그보다 이 나이에 여고생에게 말을 걸려고 하면 그건 그냥 사건이 된다. 변태로 가는 지름길이 된다.

요즘 여고생의 보통을 알 길이 없는 것이다.

내가 『여고생의 보통』에 관해 생각하고 있는데, 시오리가 식사를 멈추고 물어왔다.

"두 분은…… 오늘, 예정이 있나요……?"

나는 뻗친 머리를 꾹 눌렀다. 그러고 보니 머리가 꽤 길었다.

"아, 머리나 자르러 갈까."

"잘라줄까?"

아야노가 오른손을 가위처럼 만들며 그런 제안을 했다.

나는 내 머리를 계속 누른 채로 아야노를 바라보았다.

"잘해? 아, 맞다. 시오리 앞머리 잘라줬었지."

"맡겨만 줘. 싹둑싹둑."

아야노가 양손으로 브이자를 그려 보였다.

츠부라야 프로덕션*에 나오는 우주닌자, 혹은 게를 연상시켰다.

아야노의 실력은 어쩐지 신뢰가 가는 느낌이었다. 시오리의 앞머리도 예쁘게 다듬어 줬고, 센스가 좋다는 것도 알고 있다. 게다가 나는 스타일에 크게 집착하지도 않는다.

"그럼, 부탁해 볼까?"

"눈썹도 같이 손질해도 돼?"

"전부 맡길게. 시오리의 평가에 따라서 용돈도 줄 수 있어."

"앗…… 제가, 심사하는 건가요……?!"

당황하는 시오리를 개의치 않고 아야노는 "그럼 도구 준비할게~"라면서 침실 쪽으로 향했다.

○

거실 쪽의 탁자를 치운 뒤, 전단지와 신문을 깔아놓고 그 위에 의자를 놓았다. 친정에서 어머니가 머리를 자를 때의 방식이었다. 고등학교를 졸업하기 전까지 머리는 부모님이 잘라주셨다. 이발 비용도 절약할 수 있고, 무엇보다 가게 사람과 대화하는 게 서툴렀던 탓이었다.

*일본의 특촬물 제작사. 우주닌자는 울트라맨 시리즈에 나오는 양손이 가위 모양으로 된 괴수.

나는 구멍 뚫은 쓰레기봉투를 비옷처럼 뒤집어쓰고 의자에 앉았다.

"하루 씨, 어느 정도로 자를까?"

등 뒤에 선 아야노가 분무기와 가위를 든 채 물었다.

시오리는 소파에 앉아 이쪽을 지켜보고 있었다.

나는 주체성이 전무한 대답을 내놓았다.

"특별히 원하는 건 없어."

"짧게 자르고는 싶은 거지? 아니면 빗는 걸로 끝낼까?"

"아아~, 짧게는 하고 싶어. 앞머리라든가, 목덜미 쪽."

"흐음. 시이는 어느 정도가 좋을 것 같아?"

질문을 받은 시오리는 한동안 눈을 깜빡이다가 "글쎄요"라면서 입가에 손을 얹은 채 생각에 잠겼다. 잠시의 고민을 마친 시오리가 고개를 살짝 숙이며 대답했다.

"……저는 고등학생 때 했던 머리가, 좋은, 것 같아요……."

"고등학생 때라니, 나 고등학생 때?"

"하루 씨 고등학생 때 어땠는데?"

"완전 평범한 십 대라는 느낌이었지."

"상냥하고…… 어딘가 차분하면서…… 어른스러운 느낌, 일까요?"

"저기, 머리에 대한 정보는?"

아야노가 전혀 참고가 되지 않는 정보를 들으며 툴툴댔다.

그러다가 돌연 반짝, 눈을 빛냈다.

"앗, 졸업 앨범 있잖아! 응, 있지? 졸업 앨범!"

아야노가 내 팔을 조르듯이 잡아당겼다.

쓸데없이 남의 졸업 앨범을 보고 싶어 하는 부류의 종족이었나.

확실히 대화거리가 떨어졌을 때의 히든카드 같은 아이템이긴 하지만, 가끔 이상할 정도로 보고 싶어 하는 사람들이 있었다. 남의 청춘 시절에 지나친 기대를 가지면 곤란한데.

"침실 책장에 있을걸."

"하루 씨의 책장, 엄청 엉망이잖아."

"아, 제가…… 보고 올까요…….'"

시오리가 서둘러 침실로 향하더니, 한동안 책장과 씨름하는 소리가 들려왔다. 책장에 꽂힌 양이 이미 수용 가능한 용량을 넘은 탓에 세로로 쌓거나, 이중으로 채워져 있어 찾기 힘들 것이다. 솔직히 나도 잘 못 찾는다.

"하루 씨는 읽고 난 책도 놔두는 스타일?"

"저래 봬도 이사할 때 간신히 줄인 거야."

"흐음~, 나는 전혀 못 읽겠던데. 국어 교과서에서 이미 포기했어."

"원래 그런 건 무리하게 읽어봐야 재미없기만 하지."

이야기를 나누는 사이 시오리가 졸업 앨범을 가지고 돌아왔다.

아야노와 시오리는 소파에서 앨범을 펼쳤다. 나도 쓰레기봉투를 뒤집어쓴 채 소파에 다가가 들여다봤다. 단체 사진 페이지에 젊은 자신의 모습이 보였다.

"우와, 하루 씨 젊다!"

"아…… 이쪽 페이지는, 수학여행 때 찍은 건가요……?"

"아아, 홋카이도였을걸. 이제 보니까 꽤 짧게 하고 있었네."

고교 시절의 자신을 보니, 이런 얼굴이었나 하는 그리운 기분이 들었다.

아야노는 졸업 앨범을 뚫어지게 보더니, 지금의 내 모습과 비교하며 말했다.

"오히려 이때가 더 좋잖아. 왜 지금은 그렇게 날림인 거야?"

"남의 성장을 날림 취급하지 마. 슬퍼지잖냐……."

그렇게 반론해 보았지만, 확실히 세팅하는 것도 귀찮아져서 요즘에는 거의 손을 놓고 있었다. 면도조차 귀찮게 느껴지는 날도 있다. 최근 몇 년 동안은 확실히 스스로의 외모에 관심을 끄고 있었다. 휴일에 누군가를 만나는 일도 줄었으니.

"아야노 양…… 가능, 할까요……?"

"일단 재현해 볼게."

아야노는 "흠!" 하고 기합을 넣으며 팔을 걷었다.

십 대 모습의 나를 보고 알 수 없는 의욕이 생긴 것 같았다.

그 후로 한 시간 정도, 사각사각하는 가위질 소리가 이어졌다.

나는 자른 머리가 눈에 들어가지 않도록 눈을 감고 있었다. 가위질 소리와 함께 이따금 졸업 앨범을 넘기는 소리가 들려오고, 그와 함께 두 여자가 속삭이는 소리도 들려왔다.

"뭔가, 똑같은 여자애랑 찍은 사진이 많은 것 같은데?"

"그 사람과는, 사이가 좋았던 것 같아요……. 같이 있는 걸, 봤거든요……."

"엑, 하루 씨 연하 이외의 여자랑도 대화할 수 있었어?!"

"왜 거기서 놀라냐. 네 머릿속에서 나에 대한 인식은 대체 어떻게 되어 있는 건데."

아야노는 나를 변태 로리콘 자식이라고 생각하기라도 하는 건가.

어제, 마리아와도 분명 말한 것 같은데.

"그보다 아직 자르고 있어? 이제 가위소리 안 나는 것 같은데."

"아, 이제 다 했어. 눈썹도 다 정리했고."

그 말에 나는 눈을 떴다.

아야노는 가위를 놓은 채였고, 시오리는 검지와 엄지로 동그라미를 만들어 보였다.

나는 탈의실에 가서 거울을 들여다봤다. 그곳에는 확실히, 8년 전의 모습이 비치고 있었다.

의외로 나쁘지 않았다. 일단, 이발 비용으로 아야노에게 용돈을 주기로 했다.

○

월요일 아침. 나는 조금 일찍 일어나서 아야노에게 "날림"이라는 말을 듣지 않을 정도로 머리를 세팅하고 난 후 집을 나섰다. 평소와 같이 여유롭게 사무실에 도착했다.

내 자리로 가니, 역시나 평소대로 옆자리의 마리아는 출근을 끝낸 상태였다. 마리아는 벌써 휴일 중에 도착한 메일을 확인하고 있었다.

"좋은 아침입니다."

나는 평소와 같이 인사하고 자리에 앉았다.

마리아도 "좋은 아침이에요"라고 인사하고 다시 컴퓨터로 시선을 돌리려다가, "음?" 하며 한 번 더 이쪽을 쳐다봤다. 마리아가 뚫어져라 이쪽을 바라보고 있다. 얼굴이 가까워. 무서워, 무섭다고.

"타니가와 씨. 머리 모양 바꿨네요."

"좀 긴 것 같아서. 살짝 옛날로 돌려봤어."

"고등학교 시절이 『살짝』은 아니잖아요?"

"아아, 그런가. 벌써 10년 가까이…… 잠깐, 어? 왜 고등학생 때를――."

"앗, 야마데라 씨, 좋은 아침입니다~! 덤으로 타니가와 씨도 좋은 아침임다."

"좋은 아침이네요, 타케바야시 씨."

"와앗, 야마데라 씨한테 대답이 왔어요! 타니가와 씨, 들었어요?!"

"인사 정도는 매일 해 줘라…… 그리고 대답은?!"

"술 마실 때 사진 봤거든요. 그뿐이에요."

마리아는 능청스럽게 그런 말을 하고는 다시 일로 복귀했다. 하지만 내 핸드폰엔 고등학교 시절 사진은 들어 있지 않았고, 보여준 기억도 없다. 아니면 그건가. 만취 사건 때인가.

내가 기억하지 못하는 곳에서, 대체 이 녀석과 무슨 일이 있었던 거냐고…….

"뭐, 잘 어울리는 것 같네요. 지금 스타일 쪽이."

마리아는 그렇게 말하고는 살짝 장난스러운 듯한, 어딘가 즐거운 듯한 얼굴로 입꼬리를 말아 올렸다.

정말이지, 대단한 배짱이다.

나는 정체불명의 약점을 잡힌 것 같은 예감에 "으으윽……" 하고 중얼거리며 조용히 입을 다물었다.

제5화 ● 시오리 옥시토신

저는 우유부단한 성격…… 이라고 생각합니다.

도쿄 스텔라 마리스 여자 대학, 11호관 식당.

2교시가 끝난 식당은 점심을 먹으러 온 학생들로 붐비기 시작합니다.

주문대에 늘어선 줄은 시시각각 길게 늘어나고 있어요.

저는 줄을 선 사람들보다 한참이나 더 뒤에 서 있습니다.

오늘 점심 메뉴는 A런치가 『그리스풍 햄버그 세트』, B런치가 『참치 스테이크 세트』네요. 어느 쪽으로, 골라야 할까요.

어느 쪽도 포기하기 어려운, 맛있는 냄새가 납니다.

제가 결정을 고민하는 사이에도 주문하는 사람들의 행렬은 계속 길어집니다.

"시오링~!"

저 명칭은 제 이름── 시오리의 별명입니다.

뒤돌아보니 같은 동아리인 네코가 저를 끌어안았습니다.

커다란 가방을 메고 있는데 키는 제 목 정도 옵니다. 제 눈에는 귀여운 정수리가 눈에 들어오네요. 도쿄에서 생긴 귀여운 친구입니다. 등에 멘 가방에는 캐릭터가 인쇄된 캔배지가 가득 달려 있습니다.

네코는 제 옆에 서더니 저처럼 오늘의 점심을 확인합니다.

"또 점심 고민하고 있어?"

"……네."

저는 제 우유부단함이 부끄러워져서 그만 목소리가 작아졌습니다.

네코는 주문을 기다리는 줄과 점점 차고 있는 좌석을 보며 말했습니다.

"그런 시오링에게 세 번째 제안, 괜찮을까요?"

"……세 번째?"

"학교 근처에 숨겨진 카페를 찾았거든. 거기로 갈래?"

네코의 제안은 굉장히 매력적으로 들렸습니다.

"좋아, 그럼 고고~!"

네코는 제 표정을 읽은 것인지 해바라기처럼 환하게 웃으며 걸어가기 시작합니다. 작은 몸으로 손과 발을 크게 움직이는 그녀의 모습은 언제나 발랄해 보입니다.

그녀의 통통 튀는 발걸음에 맞춰 느슨하게 땋은 머리가 함께 흔들렸습니다. 저는 귀여운 그녀의 꼬리를 바라보며 그 뒤를 따랐습니다.

카페는 대학에서 도보로 7분 정도 떨어진 곳에 있었습니다.

간판에는 『찻집 레이디』라고 쓰여 있네요.

벽면에는 담쟁이덩굴이 우거져 있었고, 열려 있는 창문을 통해 앤틱풍의 내부 인테리어가 들여다보였습니다. 옛 정취가 느껴지는 분위기── 제가 태어나기도 전의 시대인데, 어째선지 이상한 그리움과 아늑함이 느껴지는 분위기입니다.

네코가 문을 여니 딸랑거리는 맑은 종소리가 울렸습니다.

저는 네코를 따라 가게에 들어갔습니다.

가게 내부에서는 라디오를 통해 차분한 곡조의 음악이 흘러나오고 있네요.

창가 자리에 앉아 네코가 추천해 준 오므라이스 세트를 주문한 저는 후, 하고 숨을 내쉬었습니다. 네코는 "후후훗" 하면서 미소를 지어 보입니다.

"타카 선배가 알려줬어. 좋은 곳이지?"

"⋯⋯네."

네코와 저는 같은 현대 게임 동아리에 속해 있습니다.

네코는 리듬 게임── 줄여서 『리겜』이라는 것을 즐기는 친구로, 저도 함께한 적이 있습니다. 입학 이후, 학부는 다르지만 친하게 지내고 있어요.

요리를 기다리는 동안 네코는 즐거운 듯이 이야기보따리를 풀어놓았습니다.

얼마 전에 발매된 게임 이야기.

인터넷 방송에서 본 놀라운 플레이에 대한 이야기.

최근 동아리 동에서 있었던 사건들.

네코는 큰 몸짓과 손짓으로 현장감 있게 이야기를 들려주었습니다. 네코의 화제는 회전목마처럼 빙글빙글 돌고 돌아, 제 이사 이야기까지 이르렀습니다.

"시오링 아직도 집 구하고 있지?"

"네."

"그럼 아직도 아는 아저씨네 집에서 신세 지고 있는 거야?"

제 감각으로는 "아저씨"라기 보단 "오빠"였지만, 일단 고개를 끄덕여 수긍하니 네코가 다소 불만스러운 표정을 지어 보였습니다. 평소 천진난만한 그녀치고는 보기 드문 얼굴이네요. 불만 가득한 얼굴도 귀엽습니다.

"말해줬다면 우리 집에서 지내게 해 줬을 텐데."

"후후, 저는, 어차피 곧바로, 결정할 수 없으니까…… 폐가 됐을 거예요."

"오히려 시오리였다면 대환영이야. 요리도 잘하고, 깔끔하고, 게임 취미도 맞고, 눈 호강도 되고. 사실 그보다는, 걱정된단 말야. 시오리 같은 애가 같이 살면 남자들은 전부 짐승처럼 어흥! 하고 변할걸? 순결을 위협받을 거라고."

네코가 맹수 같은 포즈를 취해 보입니다.

다만 네코가 하니 귀여운 아기 고양이로밖에 보이지 않네요.

"후후, 하루후미 씨는…… 그렇지 않을…… 거예요."

"그렇지 않은 남자는 없을 거라 생각해."

"그럴…… 까요?"

네코는 "가능하다면 나라도 그럴 거야"라며 열의를 담아 말합니다.

저는 열을 내며 말하는 네코를 신기한 기분으로 바라보았습니다. 몸짓과 손짓이 정말 사랑스러워요. ……제가 별로 동조하는 기색이 없자 네코는 부루퉁한 얼굴로 말을 이었습니다.

"같이 걸어 다니면 시선이 느껴지는데 모를 리가 없지. 시오링은 의식하지 않을지도 모르지만 나랑 같이 있을 때도 완~전 쳐다본다고."

"그…… 가슴은…… 자주…… 보는 것 같긴 해요."

"거봐, 시오링도 느껴지지?! 이렇게나 귀여운데도 세상 물정을 모르는 느낌이 뿜뿜하니까. 천연 팜므파탈이랄지, 전자동 동정 파괴범이랄지."

"도, 동…… 정……."

"앗, 시오리 얼굴 완전 빨개!"

"그, 그런 말은…… 큰 소리로, 안 하는 게 좋지 않을까요?"

"그런 말? 아아, 동정?"

"네, 네코!"

"하하핫, 시오링 완전 귀여워~"

네코가 심술궂은 얼굴로 깔깔 웃고 있습니다.

저는 짓궂게 구는 네코를 부루퉁한 얼굴로 쳐다보았습니다.

네코는 "미안미안"이라고 말하며 본론으로 돌아옵니다.

"뭐어, 농담은 이쯤 하고. 시오링, 그런 부분은 확실히 하지 않으면, 또——."

마침 그때, 주문한 오므라이스 세트가 나왔습니다.

네코의 의식은 오므라이스로 옮겨갔고, 이야기는 더 이상 이어지지 않았습니다.

저는 아직도 조금 뜨거운 얼굴을 물을 마셔 식혔습니다.

그리고 저도 오므라이스를 먹기 위해 수저를 드는데, 가방에 넣어두었던 스마트폰에 "부르르" 하고 진동이 울렸습니다.

메시지에는 『오늘은 늦을 거니까 먼저 자』라고, 쓰여 있습니다.

일이 많이, 바쁜 걸까요. 항상 피곤해 보이는데…….

"……."

"시오링?"

저도 모르게 생각에 잠긴 것인지 네코가 눈앞에서 손을 흔들고 있었습니다. 저는 "아무것도 아니에요"라고 대답하고는 다시 수저를 들었습니다.

한 입 먹어보니, 고개가 끄덕어질 정도로 정말 맛있습니다. 옛날 방식의 잘 익은 계란과 데미그라스 소스가 치킨라이스와 잘 어울리네요.

식사 후, 4교시와 5교시 수업을 듣기 위해 저는 캠퍼스로 돌아왔습니다. 강의 노트를 정리하면서도, 머릿속 한구석에서는 하루후미 씨의 메시지에 대해 생각했습니다.

○

"타케바야시, 일단 가능한 만큼은 도와줄게."

고개를 깊이 숙이고 있는 후배를 보고 있자니, 크게 화를 낼 수가 없었다.

애초에 본인의 실수를 솔직하게 보고하고 내 자리까지 상담을 하러 온 거니까 구태여 심하게 꾸짖을 이유도 없었다. 정직한 보고자를 호되게 나무란다면 다음에는 숨기겠지.

"감사합니다, 감사합니다."

"알았으니까, 그렇게 고개 숙이지 마. 괜히 우울해지니까……."

"여차할 때 의지가 되는 건 역시 타니가와 씨라니까요~."

"넌 정말, 이럴 때만 기운이 펄펄 나는구나……."

나는 의무감 반, 체념 반으로 할 수 없이 도움을 자청했다.

타케바야시가 외주를 의뢰했던 작업이 본래는 다른 업자에게 발주해야 할 것이었다는 사실이, 성과물이 나온 단계에서야 발견된 것이다.

당연히 원래의 업자에게 다시 발주해야 했고, 추가로 예산을 사용한 만큼 스케줄을 다시 짜야 할 필요도 있었다. 납기를 늦출 수 없다면 지연을 어떻게 수습해야 할지도 고민해 봐야 하고. 하류 공정* 작업이 멈추지 않도록 태스크를 재검토하는 것도 시급했다.

타케바야시 혼자 한다면 막차 시간까지 매달려도 시간에 맞추지 못할 것이다.

누군가가 도와줄 수밖에 없는 것이다. 부탁을 받았으니 거절할 수도 없다.

"——맞다, 잠시만. 연락 좀 할게."

나는 잊기 전에 시오리와 아야노에게 메시지를 보내두기로 했다.

스마트폰의 메시지 앱을 열어 『아사가야』라는 그룹을 터치했다. 나와 아야노, 시오리 셋이서 사용하고 있는 것이었다. 거기에 한마디, 늦는다는 취지의 메시지를 작성했다.

타케바야시는 이럴 때만 귀가 밝아져서는, "여친인가요?"라며 물고 늘어졌다.

*코딩 등의 개발 및 테스트, 보수 작업 등을 의미.

나는 스마트폰에 메시지를 입력하며 눈길도 주지 않은 채 대답했다.

"동거인. 여친 아니야."

"어라, 타니가와 씨 룸 쉐어 하고 있었어요?"

"비슷한 거야."

나는 메시지 입력에 집중하며 나오는 대로 대답했다.

그러자 타케바야시는 이럴 때만 비상하게 머리를 굴리기 시작했다.

"비슷한 거? 그렇다는 건 룸 쉐어는 아니다. 하지만 여친도 아니다? 그렇다면 남은 건…… 설마── 섹파……?"

"야. 다른 인간한테 도와달라고 할래?"

"아아, 농담농담! 조크예요, 조크~!"

"농담이란 상대가 웃어야 성립되는 거다."

"타니가와 씨는 그런 억지 논리 엄청 좋아하신다니까요……."

"야마데라 씨, 이 멍청이 일 좀 도와줄래요?"

"절대 사양하죠."

"농담농담! 정말 좋아! 완전 좋아해요, 타니가와 씨~!"

"그건 그거대로 기분 나쁘다만……."

나는 바보 같은 소리를 지껄이는 후배를 노려보며, 산더미같이 쌓인 일에 한숨을 내쉬었다.

○

5교시 강의가 끝난 후, 저는 동아리에 가지 않고 아사가야로 돌아왔습니다. 아사가야역부터 하루후미 씨의 1DK로 돌아가는 길의 공원에서 아야노 양을 발견했습니다.

아야노 양은 그네에서 다리를 흔들거리며 앉아 있었습니다.

학교 교복 차림으로, 등에는 학교 가방을 메고 있네요.

제가 말을 걸러 가자 아야노 양도 곧바로 저를 알아보았습니다.

"앗, 어서 와~."

"네, 돌아왔어요."

"오늘 날씨, 여름옷 입고 싶을 정도였지."

"슬슬, 반팔도…… 괜찮겠네요."

"시이, 민소매 같은 거 잘 어울릴 것 같아."

"……민소매는, 없어요. 그, 노출이 신경 쓰여서……."

"농담이지? 그럼 다음에 사러 가자."

아야노는 그렇게 말하면서, 저를 기다렸다는 듯이 몸을 일으켰습니다.

어쩌면, 제가 돌아오기를 기다리고 있던 것일지도 모릅니다.

하루후미 씨에게 집 열쇠를 받았다고 들었는데, 그녀 나름의 배려인 것인지 저나 하루후미 씨가 없을 땐 집에 들어가지 않는 것 같아요.

"짐, 반 들어줄게."

아야노 양은 제가 들고 있는 식재료가 든 에코백으로 손을 뻗었습니다.

저와 그녀는 에코백의 손잡이를 하나씩 들고, 하루후미 씨의 집으로 돌아갔습니다.

"하루 씨를, 기쁘게 할 방법?"

"저, 조금이라도…… 피로를, 덜어드릴 수 있을까 해서…….'

아사가야의 1DK.

저녁 식사 자리에서 저는 아야노 양에게 상담을 청했습니다.

아야노 양은 "으음~" 하며 골똘히 생각하더니, 제가 만든 가자미조림을 입에 넣었습니다.

"요리만으로 이미 충분하지 않아?"

"그럴…… 까요?"

아야노 양은 말하면서도 먹는 손을 멈출 기색이 전혀 안 보입니다.

만든 사람으로서는 굉장히 기쁜 광경이네요.

아야노 양은 가자미조림을 뼈만 남기고 깨끗하게 먹고는, 추가로 만들어둔 야채 고기말이도 단숨에 먹어치웠습니다. 요리사로서는 더할 나위 없이 행복한 일입니다. 저는 요리사는 아니지만요…….

아야노 양은 "잘 먹었습니다" 하며 두 손을 모았습니다.

그녀는 빈 그릇을 씻으면서 "게다가"라고 말을 덧붙였습니다.

"지친 사람이라면 의외로 가만히 놔두는 게 제일 좋지 않을까?"

"무리하게 뭔가를 받아도…… 성가신, 걸까요?"

"뭐어, 시이한테 뭔가를 받고 『성가시다』고 말하진 않겠지만."

아야노 양은 설거지를 끝낸 손을 탈탈 털며 말렸습니다.

여전히 생각에 잠겨있는 저를 본 아야노 양이, 한 가지 제안을 건넸습니다.

"그럼 선생님한테 물어볼까?"

"……선생님?"

"인류의 지식창고, 구글 선생님~."

아야노 양은 미래형 고양이 로봇 성대모사를 내며 그렇게 말했습니다.

그리고 스마트폰을 켜고는 "이런 건 어때?"라면서 검색 결과를 보여줍니다. 저는 소파에 앉아 아야노 양에게 가까이 붙어 화면을 들여다봤습니다.

거기엔 『지친 남친이 여친에게 바라는 것? 알아봤습니다!』라는 흥미로운 사이트가 열려 있었습니다.

제가 하루후미 씨의 여친은 아니지만…….

"옥시토신이 나오면 스트레스가 줄어든다고 쓰여 있어."

"옥시토신?"

"스킨십을 하면, 뭔가가? 뇌에서 나온다나 봐."

"호르몬인가요? 스킨십이라는 건……?"

"그러니까, 포옹이라던가."

"……포옹?"

제 머릿속의 네코가 "어흥!"이라며 경고를 보내고 있습니다. 짐승처럼 어흥. 아야노 양이 기사를 읽던 눈을 들어 제 쪽을 보더니, 잠시 생각하고는 입을 열었습니다.

"어깨 안마는 어때?"

"······그, 그럼 그걸로 할까요."

저는 조용히 고개를 끄덕여 동의했습니다.

아야노 양은 고개를 끄덕이는 저를 본 뒤 한동안 천장 쪽으로 고개를 돌렸다가, "전부터 묻고 싶었는데······"라며 입을 열었습니다.

"시이, 하루 씨를 좋아하지?"

"······으헤?!"

"뭐, 그건 알고 있었는데."

"히에~?!"

저는, 그렇게나 감정이 드러나고 있었던 걸까요?

어쩐지, 굉장히 부끄러워집니다······.

아야노 양은 기절 직전의 저는 개의치 않고 질문을 계속 이어 갔습니다.

"내가 묻고 싶은 건 『왜?』야. 하루 씨의 어디가 좋은 거야? 물론 하루 씨가 나쁜 사람은 아니지만, 선량한 사람과도 좀 다르잖아. 도움받는 입장에서 말하는 것도 좀 그런데, 하루 씨의 성격, 상냥하다던가, 대범하다던가, 그런 거랑도 좀 다르고. 문제를 미룬다고 해야 하나, 무신경하다고 해야 되나. 뭐, 그 굴러들어온 문제의 장본인이 무슨 말인가 싶겠지만 말야······. 뭐랄까, 별로 인기 있는 느낌은 아니지 않아? 시이는 아마 진짜 인기 많을 거고, 그냥 엄청 예쁜데······."

아야노 양은 빠른 어조로 그렇게 잘라 말했습니다.

하루후미 씨는 『관용』이 있는 게 아니라 『대충 사는』 것뿐이라고.

저는, 실례인 줄 알면서도, 그만 웃고 말았습니다.

무시한 게 아니에요. 핵심을 찌르는 재미있는 의견이라고 생각해요.

다만, 열심히 말하려고 노력하는 아야노 양의 모습이 사랑스러웠습니다.

하루후미 씨에 대해 말하는 아야노 양은, 평소의 장난스러운 태도를 벗은 있는 그대로의 그녀였습니다. 그런 거짓 없는 솔직한 모습이, 참을 수 없이 사랑스러워서 그랬습니다.

"하지만…… 아야노 양도, 싫지는 않은…… 거죠?"

"그건…… 도움을 받고 있고. 있을 곳도 줬으니까. 뭐, 얼굴도 나쁘지 않고……."

아야노는 우물우물 말을 이으면서 하루 씨를 좋아하는 부분을 말해주었습니다.

저는 그것을 흐뭇하게 들으면서, 예전 일을 잠시 떠올렸습니다.

○

제가 어머니의 고향으로 이사를 온 것은 초등학교 3학년 봄이었습니다.

전학생이라는 단어는, 많든 적든 묘한 기대를 갖게 만드는 것 같습니다.

스포츠라든가, 공부라든가, 말재주라든가.

뭔가 뛰어난 것이 있었다면, 그런 기대에 부응할 수 있었을까요?

하지만 초등학생 때의 저는 지금 이상으로 느리고 둔한 아이였습니다.

축구를 하면 아무것도 하지 못한 채 공을 빼앗기고, 술래잡기에서 한번 술래가 되면 계속 술래를 맡았습니다. 그렇다고 해서 아이들의 수다에도 잘 끼지 못했습니다. 누군가가 화제를 던져주어도, 생각에 잠겨서 대화가 멈춰 버렸으니까요.

『시오리가 있으면 하나도 재미없어.』

누군가가 직접 그런 말을 한 것은 아니었습니다. 하지만 아이라고 해도, 주변에서 그런 생각을 하고 있다는 것은 알고 있었습니다. 아이도 의외로 모르지는 않거든요.

말이 나올 때까지의 찰나의 시간에서.

딱딱하게 굳어진, 상냥한 미소에서.

괜찮아, 다시 힘내자, 라는 배려의 말에서.

누군가가, 나쁜 것이 아니었습니다.

재미없다고 생각하는 마음은 자연스러운 것이니까요.

그러니 그걸 탓할 수는 없었습니다.

다만 그렇게 여겨지는 것이 슬퍼서, 방해되는 것이 미안해서, 저는 반 친구들과 거리를 두었습니다. 따돌림을 당하거나 배려를 받기 전에, 내가 먼저 멀어지는 편이 덜 상처받을 수 있었습니다.

도서실로 도망치고, 교실에선 숨을 죽이고, 혼자 집으로 돌아갔습니다.

반 친구들은 대부분 과묵한 전학생에게 실망하여 점차 흥미를 잃어갔습니다.

드물게 남자아이가 "뚱보, 젖소" 같은 생각 없는 말을 던지는 정도였습니다. 물론 그 무렵의 저는 다소 뚱뚱했을지도 모르지만, 그렇다고는 해도 듣기 좋은 말은 아니었습니다.

이렇게, 저는 전학 간 곳에 전혀 익숙해지지 못했습니다.

휴일에도 방에 틀어박혀 있었고, 밖에 나가는 것은 학원을 다닐 때뿐이었습니다.

제게 있어서는 암흑 같은 초등학생 시절이었습니다.

어머니가 저를 타니가와 씨 집에 데려가게 된 것은, 그런 딸을 보고 생각하는 바가 있었기 때문이었겠죠. 거기서 전 하루후미 씨를 만났습니다.

당시 고등학교 교복을 입고 있던 하루후미 씨는 어머니의 그늘 뒤에 숨어있던 제게 말했습니다.

"일단, 마리버 할래?"

"……마리버?"

"마리코 버드*. 나, 대박 빠르거든."

제 어린 시절의 몇 안 되는, 지금도 기억해두고 싶어지는 시간이었습니다.

하루후미 씨의 어머니와 제 어머니는 고등학교 시절부터 아는 사이였다고 합니다.

제 입으로 말하는 것도 좀 부끄럽지만, 저는 곧잘 하루후미 씨를 따랐습니다.

*일본 인기 게임 마리오 카트 패러디.

독서가에 마이페이스였던 하루후미 씨는 반의 남자애들과는 전혀 달랐습니다. 뚱보라던가 젖소라는 말도 하지 않고, 장난을 치지도 않았습니다.

엄마도 제가 잘 따른다는 것을 눈치채신 것인지, 엄마들끼리 쇼핑을 가거나 외출을 할 때면 늘 저를 『하루후미 오빠』에게 맡기고는 했습니다.

하루후미 씨는 기분 좋은 침묵을 만들어주는 사람이었습니다.

하루후미 씨는 제가 방에 찾아가서 게임을 하고 있어도 특별히 신경 쓰는 기색이 없었습니다. 책을 계속 읽거나, 숙제를 하거나, 가끔 같이 게임을 해주거나 하면서, 언제나 자연스럽게 대해주었습니다.

무관심이라기보단 간섭하지 않는 태도.

하지만 놀아줬으면 싶을 땐, 신기하게도 말을 걸어주고.

기다려 주길 바랄 땐, 재촉하지 않고 기다려 주니까.

내가 뭘 원하는 것인지 전부 알고 있는 것 같아서.

『하루후미 오빠.』

제 오빠처럼 느껴져서, 그렇게 불렀습니다.

하루후미 오빠의 방에는 오래된 게임과 책이 진열되어 있어 고서의 냄새가 났습니다. 책에 둘러싸여 멍하니 페이지를 넘기는 모습은 어른스러웠고, 같이 게임을 해주는 것이 기뻤고, 학교에서 힘든 일이 있으면 마음껏 제 응석을 받아주었습니다.

정신을 차리고 보니 어느새 하루후미 오빠의 곁을 따라다니고 있었습니다. 호감은 한참 전부터 갖고 있었던 것 같습니다.

하지만 그 사실을 깨달은 것은 조금 더 시간이 지나서였습니다.

초등학교 5학년, 여름방학 때였습니다.

어머니가 여름 축제용으로 유카타를 준비해주셔서 저는 너무 당황했습니다.

"친구들이랑 갈 때 입고 가면 어떻겠니?"

그렇게 말하며 건네주신 것은 예쁜 하늘색의 유카타였습니다.

어머니는 여름방학 동안 자주 외출하는 저를 보며 친구가 생겼다고 생각하신 것입니다.

실제로는 거의 하루후미 오빠의 방에 틀어박혀 있었지만요.

여름 축제를 함께 할 친구는 아직 없었습니다. 하지만 부모님과 함께 축제에 가는 것도 좀 부끄러웠습니다. 그렇다고 친구가 없다는 말도 꺼내지 못했습니다. 그건 굉장히 부끄러운 일이라고 생각했거든요.

결국, 저는 아무도 부르지 않고 혼자서 여름 축제에 갔습니다.

엄마한테는 친구와 다녀오겠다고 거짓말을 한 채.

다만 혼자 간다고 해서 즐겁지도 않을 테고, 혼자 있는 모습을 누군가에게 보이는 것도 싫었던 저는 여름 축제가 열리는 곳 근처의 작은 공원에서 시간을 때울 수밖에 없었습니다. 멀리서 들려오는 축제의 소란스러움을 들으며, 저와는 어울리지 않는 밝은 색의 유카타를 입고 있으니 어쩔 수 없이 쓸쓸함과 비참함이 느껴졌습니다.

불꽃놀이가 시작되면 돌아가자.

그때까지 여기서 가만히 있어야지.

그렇게 생각하며 혼자 멍하니, 공원의 놀이기구 그늘에서 숨을
죽이고 있었습니다.

"──시오리?"

그렇게 말을 걸어준 하루후미 오빠는, 모르는 여자와 함께 있
었습니다.

축제에 가는 길이었을까요?

손을 잡고 있는 두 사람의 모습에 저는 몸이 굳었습니다. 여자
가 "아는 사람?"이라고 물으니 하루후미 오빠는 "옆집 아이"라고
대답했습니다. 상대가 같은 반 여학생이었다는 사실을 지금은 알
고 있습니다. 졸업 앨범에도 자주 보였던 분이었으니까요.

차분한 색조의 유카타를 입은 예쁜 분이었습니다. 초등학교 5
학년과 고등학생이라면, 아무래도 발육에 차이가 많이 났을 것입
니다. 솔직히 말하면, 나란히 서 있는 두 사람은 참 잘 어울렸습
니다. 초등학생인 저로는 상대가 안 될 정도로.

──상대가 되지 않는다.

그렇게 생각한 순간, 자각했습니다.

아아, 나는, 하루후미 씨를 좋아하는구나.

자각하고 그 여자와 저를 비교하니 한심하고 비참한 기분이 들
어서, 깨닫고 보니 어느새 집에 돌아와 유카타를 벗고 있었습니
다. 저는 한참 어린아이였고, 어쩔 수도 없는 그 현실에 아직 대
항할 방법조차 몰랐으니까요.

그저 어리광만 부려서는 안 되는구나, 그런 생각을 하며 울었
습니다.

그것이, 제 첫사랑이자 최초의 실연.

두 번째 실연은, 아직 경험하지 못한 채로.

○

"⋯⋯더럽게 피곤하네."

자신의 실수도 아닌데 갑작스레 발생하는 야근은 말할 수 없이 허무한 기분이 든다.

회사를 나왔을 때는 오후 11시가 넘어 있었다.

아사가야역에 도착한 것은 11시 50분.

나는 무거워지는 눈꺼풀을 느끼며 좀비처럼 걸어서 집으로 도착했다.

밥이고 목욕이고 다 내일로 미루고, 어쨌든 지금은 자고 싶었다.

이미 평소의 습관대로 기계처럼 몸을 움직이고 있었다.

나도 모르는 사이 열쇠를 꺼냈고, 정신을 차리고 보니 현관문이 열려 있었다. 신발을 벗어 던지고 내친김에 양말도 아무렇게나 벗어둔 채 몸을 내던지듯 소파 위로 쓰러졌다.

"⋯⋯앗."

"응? 어라, 시오리?"

쓰러진 그 끝 쪽에 시오리가 있었다. 잠도 안 자고 기다려주고 있었던 건가. 아니, 깜빡 잠이 든 것인지 그녀도 나의 귀가를 눈치채지 못했던 것 같았다.

완전히 아무 생각 없이 쓰러져 버린 탓에 우연히도 무릎베개 같은 상태가 되어 버렸다. 예상치도 못한 부드러운 감촉에 나는 황급히 몸을 일으켰다. 대체 뭐 하는 건지.

"……하루후미 씨?"

시오리가 눈을 크게 뜨고 있었다.

"아아, 미안. 방금 건 사고. 큰일이네, 피곤하니까 자꾸──."

뛰어들었던 게 부끄러워 고개를 숙이고 변명했다.

나는 일으킨 몸을 소파 끝에 붙이며 거리를 벌렸다. 민망함에 그녀를 똑바로 쳐다볼 수가 없었다. "나도 이제 쉴 거니까, 시오리도 어서──"라며 침실에 들어갈 것을 권유했다.

"……저기."

시오리가 전에 없이 분명한 목소리로 입을 열었다. 뭔가 결심이 담긴 느낌. 고개를 드니, 그녀는 양팔을 벌린 채 앉아 있었다. 나는 의도를 짐작할 수 없는 상황에 그저 멍하니 보고 있었다.

"이리, 와 주세요."

"네."

"그럼…… 꼭 안을게요?"

"아, 네."

나는 아무 생각 없이 그녀의 말에 따랐고, 그대로 그 품에 안겼다.

"엇, 아……."

시오리의 포근한 몸이 닿았다. 뺨에 닿은 검은 머리카락에서는 과일 같은 달콤한 향기가 났다. 그녀의 양팔이 허리에 감기고 곧 부드럽게 당겨졌다.

쿵, 쿵, 하는 나의 맥박 소리가 선명하게 들려왔다.

머리가 붕 뜨고, 뇌 속 어딘가가 마비된 느낌이다.

하지만 동시에, 계속 이렇게 있고 싶다는 기분이 들었다.

허리에 둘러진 그녀의 팔이, 가슴에 닿은 그녀의 상냥한 체온이, 지치고 굳어 있던 뇌를 서서히 녹여주고 있었다. 기묘한 행복감이 마음 깊은 곳에서 차오르고 있었다.

"저기, 이건 그러니까."

"이렇게 하면…… 옥시토신이라는 호르몬이 나와서, 스트레스가…… 줄어든대요."

"아아, 그렇군요. 어쩐지, 굉장히 효과가 있는 것 같네요."

"……저녁, 드실 수 있겠어요?"

"저기, 먹겠습니다."

"그럼, 데워드릴게요."

시오리는 몸을 일으켜서 주방으로 향했다. 나에 대해 말하자면, 조금 전까지 팔 안에 안겼던 감촉이 생생하게 남아 있어서, 솔직히 그런 걸 신경 쓸 때가 아니었다.

평범하게 배불리 먹고 말았다.

그렇게 지칠 대로 지쳐서 "밥도 목욕도 내일"이라고 생각했는데, 한 그릇 더 추가해서 알차게 먹고 말았다. 가자미조림도, 야채 고기말이도, 된장국도 전부 맛있었다.

적어도 설거지 정도는 직접 해야겠다고 생각했지만, 식사 후 차를 홀짝이고 있는 사이 시오리가 빠르게 치워버렸다. 뭐랄까,

정말 너무 완벽한 여대생이다.

"······지나치게 이상적이야."

사실은 뒤에서 신용카드가 한도액까지 인출되고 있는 것은 아닐까. 아니, 이 경우엔 차라리 그래주는 쪽이 죄책감을 덜 수 있어 다행일 정도였다. 이래서야 안아주는 사람에게 업어달라고 하는 꼴이 아닌가.

안는다고 하니, 바로 조금 전에 실제로 안기기는 했었다.

나는 아직 마비가 풀리지 않은 뇌로 되새겼다.

생생한 감촉이, 이상한 기분을 느끼게 했다.

욕실 쪽에서 드라이기 소리가 들려왔다. 시오리가 목욕을 마치고 세면대에서 머리를 말리고 있는 소리다. 간신히 부탁해서 먼저 들여보낸 참이었다.

잠시 후 드라이기 소리가 멈췄다.

시오리는 편안한 잠옷 차림으로 욕실에서 거실로 돌아왔다.

그녀는 목욕 후의 살짝 달아오른 얼굴로 입을 열었다.

"저기, 하루후미 씨······ 저도, 슬슬 자러 가볼게요."

나는 아마 "잘 자"라고 말했다.

뇌가 마비되어서 확실히 말한 것인지는 잘 모르겠다. 시오리는 내가 피곤해서 그런 것이라 생각했는지 내 앞에 와서 무릎을 꿇고 말했다.

"저, 피곤할 때는······ 더 의지하셔도, 괜찮아요."

옥시토신 과다분비라고 할지.

뜨겁게 달군 도자기를 급속히 식히면 깨져 버리는 것과도 같은 이치였다.

"그, 아, 저기……."

지칠 대로 지친 성인 남성도, 달군 도자기와 마찬가지였다.

갑작스레 상냥하게 대해주면 망가지는 케이스가 있나 보다.

이때의 내가, 그랬다.

흘러넘치는 그녀의 고귀함을 참지 못한 내가 결국 신용카드 얘기를 꺼내자, 시오리는 한참 동안 웃더니 "다음에, 생각해 볼게요"라며 농담으로 받아쳤다.

○

후일담이라고 할지, 시오리의 포옹으로부터 며칠 뒤의 일이다.

"하루 씨, 일단 진정하자? 응?"

"미안, 아야노. 좀 거칠었을지도 모르겠다."

"으, 응. 지금부터 그, 고쳐주면 괜찮아. 그, 그게, 난 오늘 처음이니까. 배려해 주지 않으면, 좀 울 것 같아."

"아아, 알았어. 가능한 한 상냥하게 할게."

"으, 응. 아픈 건, 안 된다?"

"어, 알았어."

나는 온화하게 고개를 끄덕이며, TV 화면 속에 세 개의 붉은 밤송이를 풀어놓았다.

"──미안, 아야노. 여기서 떨어져 줘."

다음 순간, 내가 투척한 붉은 밤송이가 한 걸음 앞서가고 있던 아야노의 버드를 튕겨버렸다.

골 직전, 아야노가 조종하던 새는 밤송이에 튕겨 나가 코스를 이탈했다.

"아아아아, 하루 씨?! 아아아아!! 방금 건 치사한 거 아냐?!"

"아니, 밤송이라는 건 원래 이렇게 사용하는 거다."

"어른답지 못해! 완~전 어른답지 못해!"

구름을 타고 있는 담당자가 아야노의 버드를 코스로 되돌리는 사이, 하위 다툼을 벌이던 나와 나머지 CPU가 차례차례 골을 통과했다. 아야노는 그저 컨트롤러를 움켜쥔 채 지나가는 버드를 바라볼 수밖에 없었다.

"시이, 봤어?! 하루 씨가, 하루 씨가 못된 짓을 하고 있어어!"

"네, 밤송이를 던지는 타이밍이, 참 좋았네요……."

"그렇다는군. 유감이네."

"에에에엑, 치사해! 괴롭힘이야, 괴롭힘! 아저씨들이 괴롭혀!"

"후훗, 즐거워 보이네요……. 예전의 저를 보는 것 같아요……."

우리들이 지금 한창 몰입하고 있는 것은 마리코 버드였다. 줄여서 마리버.

버드라고 부르는 새를 조종해, 약간의 아이템을 쓰면서 골을 목표로 하는, 그 국민적인 레이스 게임과 흡사한 무언가다. 명작의 짝퉁 버전으로 일부에서 유명해지면서, 무슨 생각인지 시리즈화까지 해버렸다.

지금 하고 있는 건 마리코 버드64였다.

참고로 시오리는 이미 1위로 골인했다.

시오리에게 도움을 받은 그날 이후, 그동안 받은 것들에 대한 답례로 내가 "뭔가 해주길 바라는 건 없어?"라고 묻자 그녀가 대답한 것이 바로 이것이었다.

셋이서 게임을 해보고 싶다, 라고.

신용카드 한도액과 비교하면 쉽고 가벼운 바람이었다.

나는 기합을 넣어 정시 퇴근을 결정하고 그녀의 요구에 응해주었다.

그 결과, 시오리는 톱을 달리고, 나와 아야노는 하위 다툼을 하면서 밤송이를 날려대는 유쾌한 모임이 되어 있었다. 뭐, 유쾌한 건 나뿐일지도 모르지만.

이렇게 여러 명이서 하는 게임은 요즘은 거의 인터넷상에서 하는 것이 일반적이지만, 이렇게 어깨를 맞대고 하는 것도 역시 재미있는 법이다. 무엇보다 상대의 반응을 직접 볼 수 있다는 게 좋았다. 뭐, 엉망이 된 아야노는 동감할 수 없겠지만 말이다.

아야노가 원망스러운 시선으로 나를 돌아보았다.

막판에 밀려난 것이 어지간히도 억울했던 모양이다.

"이봐. 둘이서 초보자 괴롭히니까 즐거워?!"

"즐거워. 더할 나위 없이 즐겁네."

"하루후미 씨는…… 저랑 처음 했을 때부터, 이런 느낌이었거든요……."

고등학생 시절의 나 역시 초등학생 시오리에게 상당히 심한 짓을 저질렀던 것 같다.

시오리가 집에 오지 않게 된 이유가, 설마 그건 아니겠지…….

시오리는 정말 즐거운 것인지, 평소보다 훨씬 밝아진 얼굴에 약간 호전적인 미소를 띠며 컨트롤러를 다시 손에 들었다.

"자, 이어서 계속할까요. 하루후미 씨도, 오늘만큼은 각오하셔야 할걸요……!"

나도 이제 겨우 몸을 푼 참이었다.

"잠깐 거기. 초보자를 위한 배려는?! 위로해줄 마음은요?!"

"승부의 세계에서 위로는 필요 없지."

"죄송해요……. 하지만, 게임의 세계는, 잔혹하니까요……."

"진짜, 이런, 이 사람들, 분명 친구 없지!!"

아야노는 분한 듯이 말을 삼키며, 힘 조절이란 것을 모르는 두 사람에게 패자의 대사를 날렸다.

제6화 ○ 아야노 슬리피

　오후 7시 아사가야역.

　개찰구 인근은 퇴근과 하교를 하는 사람들로 붐볐다.

　나는 인파를 피하기 위해 역사 안쪽 벽에 서 있었다.

　양손에는 우산이 두 개.

　오늘은 저녁부터 비가 부슬거리며 내리기 시작했다.

　『죄송해요. 오늘은 친구 집에서 잘게요.』

　시이에게서 연락이 온 것은 학교 점심시간. 동아리 친구가 과제를 도와달라고 울며 매달렸다고 했다. 그대로 친구 집에서 묵는다고 연락이 왔다.

　그러니까 오늘은, 나와 하루 씨 둘뿐이다.

　이렇게 둘이 보내는 밤은 오늘이 처음.

　솔직히, 조금 두근거렸다.

　아사가야역에 서 있으려니 절로 그날의 일이 생각났다.

　그럴 때마다 내 가슴에선 찡 울리는 안타까움과 동시에 따스한 마음이 함께 떠올랐다. 어두운 밤을 계속 걸어가다, 드디어 출구를 찾았던 그 순간을 떠올린다.

　하루 씨의 정기권을 주워준 그날 이후, 하루 씨가 날 거둬준 이후부터.

　내 일상은, 바뀌었다.

　──역에서 봤을 때의 첫인상은, 『지쳐 보이는 사람』이었다.

키는 큰데 등이 굽어 있었고, 무슨 말을 하는 건지 대화는 전혀 되지 않고.

그래도 나쁜 사람은 아닌 것 같았다.

뭐, 말투가 정중했으니까 그런 기분이 든 것뿐.

지금 돌아보면 바보 같은 짓을 했다고 생각하지만, 그래도 매일 반복되는 심야 배회에 한계를 느꼈던 시기였고. 밤새도록 돌아다니고 학교에서 자는 생활로는 무리가 있었기에.

이제 뭐든 상관없다는 생각이 들기도 했다.

푹 잘 수 있다면, 솔직히 몸을 내줘도 좋을 것 같았다. 처음 보는 아저씨에게 첫 경험을 팔아도 좋다고 생각할 만큼, 이미 모든 것이 힘들었다. 그래서──.

『가족 중에 폭력을 쓰는 사람이라도 있어?』

『잠깐 이동할게.』

나를 진지하게 알려고 했던 그 사람에게, 조금 놀랐다.

나를 안아 올려서 병원에 데려가 준 그에게, 두근거렸다.

팔에 안겼을 때, 마음속 깊이 안심했다.

택시 안에서, 병원 로비에서, 흐릿한 의식 속에서 그 사람의 팔 안에 안겨 있는 시간이, 이대로 쭉 계속되면 좋겠다고 생각했다.

택시에서 내릴 때는 스스로 안아 달라고 졸랐을 정도니까.

지금 생각해 보면 정말 민망하다.

지금도 얼굴이 뜨거워질 정도로.

아무리 그래도 그건 좀 아니었어. 부끄러워서 죽을 것 같아.

전부, 열 때문이라고 생각하고 싶었다.

물론 그에게도 못난 부분은 잔뜩 있다.

하지만 지금의 나는『콩깍지가 쓰인』상태라고 할까, 그런 그의 『못난 부분』에 구원받았고, 『못난 부분』에 끌리기도 한다.

무엇보다 그는 나에게 아무런 대가를 요구하지 않았다.

돈이나 몸을 요구하지도 않고, 기댈 곳을 마련해 줬다.

그것이 어딘가, 지나치게 이상적인 것 같기도 했지만.

그래서 나는 조금 불안하고, 동시에 무언가를 기대하고 만다. 갑자기 버려지지는 않을까 하는 공포와, 더욱더 확실한 연결고리를———.

○

"어~이, 하루 씨!"

내가 아사가야역에서 나오자, 아야노는 이미 기다리고 있었다. 개찰구를 빠져나가니 교복 차림을 한 아야노가 벽 쪽에서 우산을 든 손을 붕붕 흔들고 있다.

솔직히, 엄청 눈에 띄었다.

손을 붕붕 흔들어서 그런 것도 있지만, 단순히 아야노는 어디에 놓아도 쉽게 눈에 띄는 아이였다. 머리색이 밝은 것도 원인 중에 하나겠지만 그 이상으로 단정한 이목구비나, 교복임에도 모델이 무색할 정도의 스타일을 보면 뭐 눈에 띄어도 어쩔 수 없다.

주변에서 보면 나와 어떤 관계로 보이는 걸까.

주위의 이목을 신경 쓰는 것은 내가 시골 출신이기 때문인 걸까.

고향에서는 "어느 집 아들이 여자아이와 함께 돌아갔다"라는 목격담이 동네 주민 핫라인을 타고 어느 집 아들 엄마의 귀까지 쉽게 들어가곤 했다. 그래서 우리 어머니도 실컷 나를 놀려먹었던 적이 있었지. 좋지 않다, 정말로.

나는 시골에서의 쓰라린 경험을 떠올리며 아야노 쪽으로 다가갔다.

"다녀왔어. 우산 고맙다."

"아니에요. 이것도 아내가 해야 할 일이니까요."

"누가 아내야, 누가."

"덤으로 어리다는 옵션도 있으니까 두 배로 즐길 수 있지."

"그렇군. 그럼 내 형기도 두 배가 되는 건가?"

우산을 받으며 아야노와 평소와 같은 가벼운 농담을 주고받았다.

나는 내심 안도했다.

시오리가 친구 집에서 하룻밤 자고 온다는 소식을 듣고, 솔직히 아야노의 반응을 걱정하고 있었다.

필요 없는 배려나 불안함을 강요하는 것은 아닐까 하고.

일단 이 상태라면 오늘은 괜찮으려나.

솔직히 말해 우리들의 공동생활이 성립할 수 있는 것은 시오리의 존재 덕분이었다. 요리와 집안일도 그렇지만, 그녀가 있어준 덕분에 1DK 내의 질서가 자연스럽게 유지되었다.

시오리는 1DK의 양심이자 풍기였다.

그렇다고 해서 그녀의 학교생활에 불필요한 제약을 주고 싶진 않았다. 학창 시절에만 맛볼 수 있는 자유로운 시간이라는 것도 있다. 그녀가 그런 시간을 즐겨줬으면 했다.

"그럼, 이제 저녁 문제가 남았군."

그렇게 말하며 나는 손목시계를 확인했다. 저녁을 함께 먹기 위해 오늘은 일찍 퇴근했다. 오랜만에 역 앞 음식점에서 식사를 하는 것도 좋겠지.

"집에 가기 전에 어디 들릴까? 아니면 시켜 먹을까?"

"앗, 있지있지~ 그거 먹고 싶어. 하루 씨의 엄청나다는 오야코동."

"아, 시오리한테 들었어?"

"내가 열났을 때 둘이 먹었잖아. 뭔가 굉장해 보이던 거. 나도 먹을래."

"아니, 그건 응급상황에 가까웠던 거라. 정말 그런 걸로 되겠어?"

"달걀은 냉장고에 있던데?"

"그럼 닭꼬치만 사면 되겠네. 사는 김에 욕실 세제도 좀 더 사다 놔야겠다."

"닭꼬치만 있으면 만들 수 있는 거야? 뭔가 더 필요하지 않아?"

"자세한 내막은 듣지 못한 건가. 나중에 먹고 불평하지 마라."

"엑, 그 정도야?"

"참고로, 평범한 오야코동을 만드는 것도 가능해. 어느 쪽이 좋겠어?"

"으음, 근데 무서우니까 오히려 더 궁금한데."

그런 말을 주고받으며 우리는 역 앞의 슈퍼로 향했다.

만두 재료를 사러 왔을 때와 똑같은 『세이유』였다.

바구니를 한 손에 든 채 아야노와 함께 식품 코너를 둘러봤다. 야채 코너를 그대로 지나치려는데 아야노가 낱개로 판매되고 있는 양파를 유심히 바라보고 있었다.

"음? 왜 그래?"

"오야코동에 양파 들어가지 않았던가?"

"그런 것도 있지."

"안 그런 것도 있구나? 저기, 양파는 어떻게 고르는 거야?"

"껍질의 색이나 광택, 들었을 때의 무게 같은 거 아닌가."

"하루 씨, 요리도 잘 안 하면서 자세히 아네?"

"본가 밭에서 이것저것 기르고 있거든. 쌀도 그거다, 집에서 수확한 거."

"와, 대박!"

"아니, 그 정도는 아냐. 보통이지. 보통의 시골집."

"타니가와 집 쌀이 맛있지. 아아~, 그런가. 그랬구나."

"이미 올해 모내기는 끝났다고 들었는데. 연휴 때 농사일 안 도와주러 갔다고 부모님이 『내년엔 꼭 와라』라면서 화내시더라."

"하루 씨네 집은 부모님이랑 사이좋구나."

아야노가 감정이 담기지 않은 목소리로 그렇게 말했다. 나는 순간, 잘못 말했나? 하는 생각이 들었다.

아야노의 집은 적어도 부모님과의 관계가 원만하지는 않을 터였다. 원만했다면 지금 같은 상황이 되지도 않았겠지. 하지만 잘 알지도 못하는 사정을 지레짐작으로 말하는 것도 그렇다.

생각한 끝에, 나는 다시 태연하게 말을 이었다.

"다른 집은 모르겠지만 나쁘지는 않은 것 같네. 금방 『여친 없냐』라고 묻는 게 귀찮은 것 빼고는."

"앗, 그럼 내가 『여친 역할』해줄까?"

"고등학교 졸업하고 나서, 지금 그 말 똑같이 해줘."

"흐음, 졸업 후라면 OK 해주는 거야?"

"졸업하고 나서 말할 수 있으면 그때 생각해 볼게."

"하루 씨 째째하긴~."

"사실 지금 하겐다즈를 사갈까 생각하던 참인데?"

"거짓말! 하루 씨 완전 좋아해! 대인배야!"

아야노는 입에 침도 안 바르고 그런 소리를 되는대로 내뱉고는, 상기된 얼굴로 아이스크림 코너로 향했다. 아야노가 아이스크림을 좋아한다는 것은 이미 알고 있었다. 탈의실에서 옷을 갈아입는 모습을 봤을 때도 아이스크림으로 타협했었으니. 뭐, 사실 아이스크림 싫어하는 사람은 거의 없겠지만.

나와 아야노는 좋아하는 맛의 아이스크림을 고르고, 닭꼬치와 함께 계산을 마쳤다.

○

남자 대학생이 혼자 살면서 요리를 하게 되면, 대략적으로 두 개의 스킬 트리로 갈라지게 된다.

하나는 라인업을 꾸준히 늘리면서 생활을 풍족하게 만드는 길.

다른 하나는 오직 하나의 음식만을 단련하여 생활의 효율화를 추진하는 길이다.

나는 그중에서 후자로, 선정한 음식은 오야코동이었다.

한동안 평범하게 만들다가 결국 "계란 덮밥에 닭꼬치를 얹는다"는 모독적인 경지에 이르렀다. 만들려면 일반인도 평범하게 만들 수 있다.

참고로 앞에서 서술한 두 가지의 스킬 트리 이외에도 "수렵 면허를 따서 야생 요리를 해 먹는다" 같은 특수 스킬을 연마하는 이단아 등도 존재한다. 돈은 없고 시간은 남아도는 경우라면, 종종 자청해서 수라의 길을 걷기도 하는 것이다.

밥이 지어질 때까지 기다리는 동안, 그런 느낌으로 아야노에게 학창 시절 이야기를 들려주었다. 아야노는 어이없어할 거라 생각했는데, 의외로 큰 흥미를 보였다.

"좋았겠다~, 학교생활. 나도 하루 씨랑 같은 학교 친구였으면 좋았을 텐데."

"아야노랑 내가 같은 세대였다면 반대로 접점이 없었을걸."

"에엥, 어째서?"

"같은 반에 나 같은 애가 있었다면 아마 말 안 걸지 않았을까? 뭐, 나도 기죽어서 말 못 걸었을 거고."

아야노는 아마 반의 중심에서 활기차게 지내는 타입일 거다. 나는 반에서 하루 종일 책이나 읽으면서 지내는 타입이다.

애초에 교우 범위가 교차하지 않는 것이다.

게다가 아야노는 눈에 띄게 예쁜 만큼, 고교 시절의 내게는 그림의 떡 같은 존재다. 같은 반에 있었다 해도 말을 나눌 기회도 없이 졸업했을 거다. 애초에 필요한 말이 아니면 별로 입을 여는 스타일도 아니었으니.

밥솥이 삐— 삐— 하며 소리를 냈다. 다 된 것 같다.

이미 RTA 오야코동을 만드는 공정의 90%는 끝난 셈이다.

"있지, 하루 씨."

아야노는 싱크대에 몸을 기댄 채 나를 올려다보며 입을 열었다.

나는 달걀을 풀면서 "왜?" 하고 물었다.

"나는 동갑이었다고 해도, 지금처럼 하루 씨랑 수다를 떨었을 거야."

"아야노는 할 수 있어도, 십 대인 나는 못 했을걸. 사춘기 남자는 복잡하다고."

"앗, 그거 설마 내가 예뻐서?"

아야노가 한껏 들뜬 얼굴로 포즈를 취해 보였다.

가볍게 받아치려고 했지만, 대충 취한 포즈 하나도 모양새가 나왔다. 잡지 같은 곳에서 보는 모델들이랑 비교해도 손색이 없을 것 같다. 얼굴도 작고 손발이 늘씬해서 무슨 짓을 해도 그림이 되는 것이다.

이런 아이가 심야 배회를 했다고 생각하니, 썩 기분이 좋지는 않았다.

"아야노의 경우는 자각이 있다는 게 감점 요인이군……."

"엑, 맞춘 거야? 나 진짜 예뻐?"

"너, 거울 본 적 있어?"

"매일 봐. 어쩐지 그렇다는 느낌은 들었지만. 헤헤, 하루 씨도 그렇게 생각해?"

"스카우트 안 당하는 게 신기할 정도로는."

"응? 당한 적 있는데?"

"있구나……."

"근데 하루 씨한테 예쁘다는 소리 듣는 게 더 좋아. 매일 해줘."

아야노는 정말 솔직하게 기쁘다는 얼굴로 웃어 보였다. 매일이라도 예쁘다고 말해주고 싶은 얼굴이지만, 매일 이런 얼굴을 보게 된다면 내 쪽에서 먼저 항복을 선언할지도 모른다. 미성년자라는 것을 의식하지 않으면 바보 같은 소리를 할 것 같았다.

경솔한 말을 하지 않도록 나는 얌전히 입을 다물었다.

두 사람 몫의 그릇에 흰 쌀밥을 푸고, 풀어놓은 달걀을 얹었다. 그리고 그 계란 위에 데운 닭꼬치를 올렸다. 세계에서 가장 빠른 오야코동이다.

아야노는 완성된 나의 오야코동을 보며 깔깔거리고 웃었다.

"에이~, 이런 걸 오야코동이라고 우기는 건 좀 억지 아냐?"

"부모랑 자식은 다 들어가 있으니까 오야코동 맞지*."

"완전 후안무치하네."

"너, 남을 매도할 때만 어휘력이 올라가는 것 같다?"

바보 같은 요리를 앞에 두고 그런 실없는 소리를 하면서, 둘이서 식탁에 앉아 손을 모았다.

"그럼, 먹어볼까."

*오야코는 부모와 자식이라는 뜻으로, 각각 닭과 계란을 의미한다.

"네에~, 잘 먹겠습니다!"

아야노는 한입을 먹고, "맛있어어!"라며 눈을 반짝였다.

그런 모습은, 또래 소녀 같아서 예쁘다고 생각했다.

○

식사 후, 아야노에게 먼저 목욕을 권했다.

늘 있는 일이지만 어쩐지 내가 먼저 들어갔다 나온 욕조를 권하기는 조금 민망했다. 아야노가 들어갔다 나온 욕조에 몸을 담그는 것도 민망했지만, 그래도 순서는 확실히 정해놓았다.

"같이 들어가서 등이라도 밀어줄까~?"

그런 아야노의 농담을 흘려들으면서 나는 소파에 누워 한숨을 돌렸다.

일단 지금까지는, 시오리가 부재한 하룻밤을 별 탈 없이 보내고 있다.

"……정말 그런가?"

익숙해져 버렸지만, 문제라면 첫날부터 계속 이어지고 있었다.

아야노가 우리 집에서 지내게 된 지 2주였다.

나는 일주일에 몇 번 정도, 퇴근길에 아야노의 맨션을 방문했었다. 하지만 초인종을 울려도 한 번도 반응이 없었다. 머릿속에 불쾌한 가정이 스쳐 지나갔다.

안에 있는 보호자는 이미 죽은 게 아닐까, 하는 가정이다.

다만, 그렇다고 하면 첫날에 본 『마음대로 해라』라는 메시지는 다른 누군가와 주고받았다는 뜻이 된다. 하지만 그런 조작을 할 여유는 아야노에게 없었을 것이다. 어쨌든 아야노를 데려온 건 내 사고에 가까운 제안이 발단이었으니.

아니면 아야노와 보호자는 각각 다른 곳에 살고 있는 걸까.

"본인에게 묻는 게 빠르겠지만……."

"뭐를?"

"──잠깐, 우옷!"

목욕탕에 들어가 있어야 할 아야노가 어느새 거실로 돌아와 있었다.

몸에 목욕 수건을 감은 상태로.

최소한의 부분을 감추긴 했지만 허벅지 같은 곳은 평범한 미니스커트보다 더 드러나 있었다. 뜨거운 물에서 나온 직후라 그런지 발그레한 모습도 부주의할 정도로 요염했다. 얼굴에 달라붙은 머리 같은 것도. 필요하지도 원치도 않는 상황에서의 에로함은 좀 참아줬으면 좋겠는데.

나는 얼굴을 양손으로 가린 채 한숨 섞인 불평을 뱉었다.

"너 그 뭐냐, 생각이 없냐?"

"갈아입을 옷 가져가는 거 깜빡했어. 벗고 나서 깨달았거든."

"부탁이니까 아무거나 하나 걸치고 가지러 가라."

"에엥~, 이미 벗었는데 다시 입기 귀찮아."

"망할 귀차니즘……."

"게다가 하루 씨는 이미, 알몸 한 번 봤잖아."

"알몸은 아냐. 아직 속옷은 입고 있었어. 네 멋대로 내 죄질을 바꾸지 마라."

"엄청 기억하고 있는 거, 완전 웃겨."

아야노는 조금도 개의치 않고 침실에 실내복 겸 잠옷을 가지러 갔다. 내가 한숨을 내쉬고 있는데, 아야노가 불쑥 침실에서 얼굴을 내밀었다. 히죽히죽 웃고 있다.

나는 굉장히 싫은 예감을 느끼며 물었다.

"왜."

"꼭 알고 싶다면, 쓰리사이즈, 알려줄까?"

"빨리 옷 입어, 지금 당장!"

아야노는 심술궂은 소녀같은 얼굴로 이히히, 하고 웃더니 조용히 탈의실로 들어갔다. 다시 한번 생각하는 거지만 시오리가 없으면 우리 집의 풍기가 문란해진다. 어른인 내가 정신을 차려야지……

"하루 씨, 같이 잘래?"

오후 11시, 아야노가 침실에서 얼굴을 빼꼼 내밀고 그렇게 물었다.

소파에서 책을 읽고 있던 나는 또 시작이라고 생각하며, 책으로 다시 시선을 돌린 채 적당히 대꾸했다.

"타니가와가 풍기 포인트에서 10점 감점이다."

"타니가와가 풍기 포인트?"

"네가 풍기를 문란하게 할 때마다 감점이야. 60점 밑으로 가면 시오리한테 혼난다."

"그거, 하루 씨가 화내는 게 아니구나……."

"어쨌든 혼자 잘 수 있잖아. 빨리 자."

나는 휘휘 손을 흔들어 그녀를 쫓아내고 독서를 이어갔다. 아야노는 얌전히 침실로 돌아간 듯했지만 몇 분 후 다시 얼굴을 내밀었다. 나는 책장을 넘기면서 물었다.

"왜."

"하루 씨……. 혼자서 못 잔다고 하면, 웃을 거야?"

"웃을 일인가?"

책에서 시선을 들고 나서 깨달았다. 아야노는 실제로 조금 겁에 질려 있었다.

아야노는 미안해 보이는 얼굴로 웃음을 지으며 말했다.

"잠들 때까지만이라도 좋으니까 옆에 있어 주면 안 될까?"

○

아야노는 내 침대 위에서 이불을 뒤집어쓴 채 벽을 향해 있었다. 나는 방의 불을 가장 낮게 해놓고 침대 가장자리에 앉았다. 낡은 침대 스프링이 삐걱, 하고 흔들렸다.

이 방 침대를 쓰는 것도 오랜만이었다. 침실을 두 여자에게 양도한 뒤로는 책을 꺼낼 때 말고는 들어가지 않고 있었다.

"그러고 보니, 열이 났을 때도 문 닫는 거 싫어했었지."

"응. 좁은 방이나 조용한 방에서는 혼자 못 있거든."

아야노를 데리고 들어온 다음 날, 열이 났을 때의 일이다. 그때도 침실 문을 닫으려고 하니 싫어했었던 것이 떠올랐다. 그땐 아무 의미 없는 거라 생각했었는데, 의미가 있었던 건가.

"폐소공포증 같은 건가?"

"다른 사람이 있으면 괜찮은데, 혼자면 무서워. 왜인지는 모르겠지만……."

나는 아야노 쪽을 돌아보았다. 아야노는 벽을 향한 채로, 이불을 뒤집어쓰고 몸을 웅크리고 있었다. 저렇게 하고 있으니 정말 어린애를 상대하고 있는 것 같은 기분이 들었다. 본가에서 어린 시오리와 함께 했을 때의 감각과 비슷했다.

아야노는 이불을 두른 채로 우물거리며 말했다.

"근데, 말하기 어렵잖아. 이 나이에 혼자서 자는 게 무섭다니."

"그래서, 학교에서 잔 거야?"

"……응."

오랜만에 본 이불 만두가 더 작아졌다. 나는 그 작고 둥글게 말린 등에 몸을 기댄 채 아야노에게 물었다.

"──그래서, 어떻게 하면 돼? 이대로 여기 앉아 있으면 되나?"

"사람의 기척만 느껴지면 괜찮은 것 같아. 아, 아니면 뭔가 이야기해 줘."

"무슨 이야기. 셰에라자드 놀이라도 하면 되는 거냐?"

"셰에라자드가 뭐야?"

"『천일야화』에 나오는 이야기꾼. 왕에게 매일 밤 이야기를 들려주는 여인이야."

"애니메이션? 만화?"

"오래된 이야기. 설화집이지. 『아라비안나이트』라고 하면 알려나. 학생 시절에 종종 읽었어. 아마 지금도 책장 깊은 곳에서 자고 있을걸."

"하루 씨, 의외로 꽤 아는 게 많네."

"후후, 동경하던 인물이 아라마타 히로시였으니까."

"누구야? 아라마타 히로시 씨는?"

"『제도 이야기』라는 소설을 쓰고, 그 인세로 헌책방 하나를 낼 수 있을 정도의 책을 산 사람. 『세계대박물도감』이라는 것도 냈지. 뭐, 어쨌든 엄청 박학다식한 사람이라는 뜻이야. 아무리 그래도 박물도감은 안 모아놓았지만, 『아라마타 대사전』 정도라면 있을걸."

"하루 씨, 자기가 좋아하는 얘기 하면 엄청 말 빨라지는구나."

아야노가 그렇게 말하며 이불에서 얼굴을 내밀었다.

그 모습이 어린아이 같아서 절로 미소가 지어졌다.

나는 "그게 다 열의야, 열의"라면서 쓴웃음을 짓고는, 아야노의 머리를 쓰다듬었다.

아야노는 부끄러운 것인지, 아니면 분한 것인지, 얼굴의 반이 다시 이불 속으로 들어가 있었다. 이불 속에서 아야노는 우물거리며 입을 열었다.

"하루 씨 이야기, 좀 더 듣고 싶어……."

"별로 재미있는 건 없는데. 자장가로 쓰는 거니까 오히려 더 나으려나."

"응, 뭐든 좋아."

나는 약간의 이야깃거리를 떠올렸다.

일단 무난하게 자신의 취미를 소재로 골라본다. 내 취미는 영화와 독서다. 오늘은 영화로 하자. 깊은 이유는 없다. 그저 반반의 확률이었을 뿐.

"잠을 못 자는 너에게 추천할 만한 영화를 알려줄게."

"에엥, 그럼 잠이 올 정도로 지루한 영화라는 뜻?"

"아아, 지루하다면 지루할 수도 있지. 나도 가끔 보다 자니까."

"그런 쓰레기 영화 추천하지 마……."

"쓰레기라고 하지 마라. 죽을 만큼 지루하지만 쓰레기는 아냐. 실제로는 좋은 영화지. 시간이 점점 느릿해진다고 할지, 영화에 시간을 지배당하는 것 같은 느낌이 좋아. 휴일에 늘어지게 보기엔 안성맞춤이야. 아니, 이런 말을 하면 팬들한테 혼나려나."

"……이상해."

"사실 이상한 영화긴 해.『파리, 텍사스』는."

"이상하다는 건 하루 씨를 말한 거야. 그런 재미는 들어본 적도 없어."

"다음에 더 많은 재미를 알려주마."

"……정말?"

"그래, 난 혼자 놀기가 특기니까. 너도 동료로 넣어줄게."

"……후후, 싫은…… 동료야……."

"……벌써 자는 거냐."

"……아직…… 좀 더, 듣고 싶어……."

"목소리에 잠이, 가득한데…… 후암……."

"⋯⋯하루 씨도⋯⋯ 좀⋯⋯ 졸려 보여⋯⋯."

"⋯⋯그렇군. 조금, 졸리네⋯⋯."

"⋯⋯이불⋯⋯ 줄까⋯⋯?"

"풍기 포인트⋯⋯ 감점이다⋯⋯."

"후후⋯⋯ 같이⋯⋯ 혼날까⋯⋯."

"⋯⋯아, 그러게⋯⋯."

"응⋯⋯, 응⋯⋯."

"⋯⋯."

"⋯⋯하루 씨, 벌써, 자⋯⋯?"

"⋯⋯잠깐⋯⋯ 누울게⋯⋯."

"⋯⋯응."

"⋯⋯추워."

"⋯⋯여기⋯⋯ 이불, 덮으라니까⋯⋯."

"⋯⋯발이 나와⋯⋯."

"⋯⋯좀 더⋯⋯ 가까이, 오면⋯⋯."

"⋯⋯──."

"⋯⋯──."

○

"⋯⋯아."

눈을 뜨니 하루 씨가 옆에 있어서 깜짝 놀랐다. 이야기하는 사이 하루 씨도 그대로 잠들어 버렸나 보다. 사이좋게 한 침대에서 자고 있었다. 아니 정확히는, 나는 잠에 취한 하루 씨의 품에 안겨 있었다. 이렇게, 꼬옥 하고.

바디필로우가 된 것 같은 느낌이다.

몸을 움직이자 더 꽉 껴안아 온다.

"아니…… 으음……."

정신을 차리고 보니 심장이 쿵쿵 뛰고 있었다.

얼굴이 뜨겁다. 거울을 보지 않아도 이미 새빨갛다는 걸 알 수 있다.

닿아있는 허리나 팔도 묘하게 뜨거웠다. 하루 씨는 아직 잠든 상태인 것 같았다.

옆에서는 조용히 숨소리만 들려왔다. 항상 소파에서 자니까, 간만에 침대에서 숙면을 취한 것일지도 모른다. 그보다, 요즘엔 내가 놔둔 상어 인형을 껴안고 잤기 때문에 이 포옹은 나 때문일지도.

커튼 사이로 햇살이 비치고 있었다.

벌써 아침이 밝아오고 있다.

이대로라면 학교에 지각할 거라고, 머릿속 이성이 외치고 있었다.

하지만 내가 지금 일어난다면, 하루 씨도 분명 깨고 말 거다.

──이건 그거다. 하루 씨를 위해서야.

나는 그의 품 안에서 다시 한번 눈을 감았다.

그러고는 작게, 아무도 듣지 못할 혼잣말을 중얼거렸다.

"졸업하면, 제대로 대답해 줘……."

나는 하루 씨의 품 안에서 한참을 더 잠들었고, 결국 학교는 제대로 지각했다.

제7화 ○ 나카노 러닝

회사에서 받은 건강검진 결과가 나왔다.

검진 결과에는 수치나 알파벳 같은 것들이 나와 있었는데 요약하자면 "건강을 위해 적당한 운동을 하는 것이 좋다"라는 내용이었다.

바로 재검사를 받아야 하는 것은 아니지만, 작년에도 같은 말을 들었기에 아무래도 조금 마음에 걸렸다. 늦은 시간에 식사를 하는 경우가 많아서 혈당치 같은 것도 높았기 때문이었다.

운동복과 러닝화는 작년에 사두고 몇 번 쓰지 않은 게 집에 있었다. 몇 번 달리긴 했지만 결국 이어지지 못한 지난해의 잔해였다.

요즘 시오리 덕분에 식생활 같은 건 많이 개선되었지만 본인의 건강관리를 동거인인 여대생에게 의존하는 것은 어른의 체면과도 관계되어 있다. 어쨌든, 그런 이유로 달리기를 재개하기에는 딱 좋은 기회였다.

"그래서, 주말에는 달리기로 했어."

회사에서 돌아와서, 시오리의 맛난 저녁 식사를 먹은 후 내가 그렇게 말하자 목욕 후 스트레칭을 하고 있던 아야노가 천천히 얼굴을 들었다.

"아아, 그럼 나도 달릴래."

"굳이 같이할 필요 없어. 두 정거장 정도만 달리고 올 거니까."

"아니아니, 하루 씨 혼자 하면 또 금방 그만둘 거 아냐. 나도 같이 달려줄게. 왜, 파트너가 있으면 꾸준히 하기도 쉽잖아?"

"뭐, 그야 그렇긴 한데······."

그 말대로, 나 혼자 한다면 작년의 전철을 밟을 것 같은 기분이 들었다.

현실에 안주하고 싶은 것은 사람의 본능이다.

현관에서 먼지를 뒤집어쓰고 있던 러닝화가 그것을 증명하고 있었다. 아야노는 착, 하고 카펫에 상체를 붙인 채 마치 체조 선수 같은 유연함을 보여주면서, 목욕을 준비 중인 시오리에게 말을 걸었다.

"아, 이왕 하는 거 시이도 같이 달리지 않을래?"

"달리기······요······?"

시오리의 눈이 생각에 잠긴 듯 사선 쪽을 바라보았다. 시오리는 "그러고 보니 요즘······"이라고 중얼거리며 갈아입을 옷을 안고 스르륵 탈의실로 들어간다. 잠시 후 작은 비명이 들려왔다.

"뭐였지, 방금?"

"글쎄?"

나와 아야노가 얼굴을 마주 보며 고개를 갸웃거리고 있는데, 시오리가 탈의실에서 얼굴을 빼꼼 내밀었다. "저도 할게요, 달릴 게요"라고, 조용하지만 단호한 어조로 대답했다.

참고로 우리 집 탈의실에는 체중계가 놓여 있다.

시오리는 다시 탈의실로 들어갔고, 나와 아야노는 조용히 얼굴을 마주 보았다.

"······아아."

"······으응."

서로 뭔가를 말하지는 않았지만 뭔가를 짐작했다. 델리커시다.

"그런데 시오리는 전혀 그렇게 안 보이던데?"

"응, 몇 번 옷 갈아입을 때 봤는데 별로 안 찐 것 같았어. 허리도 얇고, 영양분이 전부 가슴으로 가는 타입 아냐?"

"아니, 그런 타입은 모르겠는데……."

적어도 남자 중에 그런 녀석은 없었다. 지인 중에 모델 계열은 없었으니까. 그보다, 시오리도 딱히 모든 체지방이 가슴이 집중되는 특이체질은 아닐 것이다.

"그보다 왜 엿보는 건데. 남이 옷 갈아입는 걸."

"아니, 같은 방에서 옷 갈아입다 보면 보이니까, 그거는."

"그런 거냐?"

"그런 거야."

아무래도 움직이는 것을 눈으로 좇게 되는 느낌인 것 같다. 고양이인가.

아야노 왈, "움직인다고 할지, 흔들린다고 할지"라는 것이란다.

일단 자세히 듣지 않기로 했다.

최근에 기억해둔 델리커시라는 녀석을 발휘했다.

아야노는 충분히 몸을 풀었는지 "으쌰" 하며 몸을 일으키고는 말했다.

"뭐, 그래도 이상적인 체형은 사람마다 다르니까. 게다가 여름도 다가오고 있고?"

"여름이 다가오면 뭐가 있나?"

"우와, 완벽한 인도어파로 살면 그런 것도 모르는 건가!"

"뭐? 아아, 옷을 가볍게 입으면 눈에 띄니까?"

"팔뚝살 같은 것도 신경 쓰이고. 수영장이나 바다 같은 데 전혀 안 가?"

"내가 수영장이나 바다에서 뛰어노는 장면을 상상할 수 있겠어?"

"그런 소릴 당당하게 하는 건 좀……."

"게다가 나는 살집이 있는 아이도 멋지다고 생각해."

그렇게 말하면서 일전에 시오리에게 안겼을 때의 일을 떠올렸다. 저 정도가 딱 좋다고 할까, 최적이라고 할까. 안는 느낌으로는 베스트에 가까웠다. 스트레스에도 탁월한 효과가 있었고.

아마 머지않아 암 예방 효과 같은 것도 생길 것 같았다.

하지만 내가 그렇게 말하자 아야노가 굉장히 떨떠름한 표정을 짓고 있었다.

"음? 뭐야 그 뭔가 말하고 싶은 듯한 얼굴은. 동의하지 못하겠다는 눈빛은 뭔데."

"여자애 앞에서 그 말 안 하는 게 좋아. 『살집이 있는 여자』라는 건, 남자와 여자 사이에 깊~은 골이 있는 말이니까."

"뭔데, 그 깊은 골은? 마리아나 해구?"

아야노 왈, "남자가 말하는 『살집이 있는 여자』는 볼륨 있는 아이돌 같은 여자"이기 때문에, 괜히 타협이랍시고 얘기했다가는 여성들의 빈축을 산다고 했다. 『조금 살집이 있어도 괜찮아』라고 하면서 그런 아이돌을 나열하는 순간 바로 까인다…… 라는 것이 일종의 패턴인 것 같다.

결혼 시장에서의 『일반 남성』들과 비슷한 케이스였다.

일반이라고 말하면서 연수입 500만 엔 이상이 최저선이 되어 있는 것처럼, "일반은 과연 무엇인가?" 같은 세계인 것이다.

남녀를 불문하고 상호 간의 이해차는 슬픈 이야기였다.

요샌 폴리티컬 코렉트니스라는 것도 있으니 나도 조심해야지.

아니, 여고생을 집에 데려온 걸로도 모자라서 껴안고 베개 삼아 잤던 성인 남자가, 이제 와서 언론의 형평성 따위를 신경 써서 어쩌겠냐는 느낌이지만……

그렇다, 바로 얼마 전, 잘 때까지 옆에 있어준다는 행동을 벌인 결과, 깨닫고 보니 옆에 있는 것은 물론이고 아예 같은 이불 속에서 잠들어 버린 커다란 실수를 저지른 직후였다. 항상 안고 자는 상어 군보다 더 가냘픈 느낌에, 몸집이 작고 좋은 냄새가 난다고 느끼긴 했는데 설마 대놓고 여고생을 부둥켜안고 자고 있으리라고는 생각지 못했다.

그런 케이스를 인생에서 체험한 적이 없으니, 상정할 수 있었을 리가 없다.

아야노의 잠옷에 침을 흘리지 않은 게 천만다행이었다.

반대로 말하자면, 침을 묻히지 않은 것 빼고는 아무것도 좋은 게 없었다.

그날은 반차를 써야 했고, 아야노까지 학교에 지각을 하고 말았다.

스물여섯 살. 정신 좀 차리자.

우선은, 생활 습관 고치기. 운동부터 열심히 하자.

○

"하루 씨, 시이, 아침이야 일어나~."

"으으."

"……히이."

토요일 이른 아침, 아야노 덕분에 몸을 일으킨 나와 시오리는 러닝 준비를 했다.

줄줄이 1DK를 나와서 아파트 앞에서 셋이 나란히 섰다.

아침 햇살은 눈이 부시고, 공기는 아직 약간 쌀쌀한 정도다.

본가에 비하면 소박하지만, 새들이 지저귀는 소리도 들려왔다.

나는 작년에 마련한 러닝용 운동복과 신발을 착용하고 있었다.

폐 가득 차가운 공기를 들이마시며 머리에 남은 몽롱한 잠기운을 쫓아냈다.

약간 맑아진 눈으로 옆에 서 있는 두 사람을 보았다.

시오리는 대학 공통과목에서 운동을 할 때 사용한다고 하는 운동복으로 갈아입은 상태였다. 편안해 보이는 티셔츠와 7부 팬츠 조합으로, 머리는 아야노가 정리해 준 것이다. 남성 약 80%가 선호한다고 하는 포니테일이다.

아야노의 모습은 제법 본격적이었다. 운동용 타이츠에 하프팬츠, 손목 밴드에 민소매 러닝셔츠까지, 마치 육상부원 같은 차림새였다. 노출되는 부분은 많았지만 역시 건강한 분위기가 더 강했다. 아야노의 머리는 스포츠 소녀에 걸맞게, 달릴 때 방해가 되지 않도록 시오리와 똑같은 포니테일이었다.

두 사람의 포니테일 모습에 마음속으로 두 손을 모아 합장했다.

아침부터 좋은 걸 봤다.

잠에서 깬 시오리는 아직 졸음기가 남은 눈을 비비며 아야노에게 말을 걸었다.

"아야노 양은 어쩐지…… 멋지네요……. 빠를 것 같고."

"아아, 응. 예전에 육상부였거든."

"흐음, 그럼 달리기는 잘하겠네."

"응, 근데 높이뛰기를 해서, 달리는 게 메인은 아니었지만."

"굉장해요……. 저는 봉이 무서워서, 도저히 안 되던데……."

"허들이나 높이뛰기는 몸에 익어야 하니까. 하루 씨는 어땠어?"

"아아~, 벨리롤 같은 건 좀 했었어."

벨리롤이란 디딤발과는 반대 발을 들어, 바를 내려다보는 방향으로 몸을 휘감으며 뛰는 방법이다. 학교 수업 시간에 배우고 나서 몇 번 연습한 적이 있다. 배면 뛰기가 주류가 되면서 지금은 다소 그늘로 사라진 형태의 방식이기도 했다.

아야노는 "운동하는 것도 비뚤어졌네"라면서 웃었다.

"요즘 누가 벨리롤로 뛰어. 배면으로 하는 게 제일 높이 뛸 수 있잖아."

"그래도 분명, 십종경기의 세계 타이기록은 벨리롤 선수였지 않나. 내 학창 시절 얘기니까 그동안 업데이트됐다면 아닐 수도 있겠지만."

"나왔다, 하루 씨의 쓸모없는 지식."

"쓸모없진 않아. 나는 유익한 말만 하니까."

"그럼…… 오늘은, 얼마나 달릴 건가요……?"

"그러니까, 두 정거장 정도라고 했지?"

"일단 『나카노 시키노모리 공원』까지 가 볼까."

나카노 시키노모리 공원은 우리가 있는 아사가야에서 주오선 으로 두 정거장 거리였다.

나카노역과도 가깝고, 테이쿄헤이세이 대학과 메이지 대학 나 카노 캠퍼스 근처에 있는 잘 정돈된 잔디 공원이다. 3km 정도니 까 초보자의 목적지로도 적당한 거리였다.

"흐음, 그럼 하루 씨가 앞장서."

"아마 페이스 느릴 텐데 괜찮겠어?"

"본인의 페이스로 달리면 돼. 나는 시이랑 같이 달릴 테니까. 갑자기 달려서 다치거나 하면 안 되잖아."

"앗, 고, 고마워요……."

"그러면, 그렇게 가 볼까?"

이야기를 마친 우리들은 일단 『나카노 시키노모리 공원』을 목 표로 달리기 시작했다.

사무직이기 때문에 최근에 별로 몸을 움직이지 않은 탓도 있어 서, 달리기 시작하자 팔도 다리도 꽤 무거웠다. 근육이 빠졌다는 것을 실감했다.

애초에 그렇게 운동을 하는 타입도 아니긴 하지만, 비유를 들 자면 오랫동안 기름칠하지 않은 녹슨 자전거를 타는 기분이었다. 관절이 삐걱거렸다. 다리나 팔을 움직여도 생각만큼 몸이 앞으로 나아가지 않았다.

"후, 후, 스읍……."

호흡의 리듬을 가다듬으며 무리가 없는 페이스로 꾸준히 다리를 움직였다.

느리지만 조금씩 앞으로 나아간다.

그 감각이 조금 즐겁다.

오랜 시간 농땡이를 부렸지만, 몸을 움직이는 것 자체는 싫어하지 않았다. 학창 시절엔 꽤 긴 거리를 정처 없이 걸어 다니고는 했다. 힘들지 않은 페이스를 유지하고 있는데 얼마 떨어지지 않은 거리에서 아야노와 시오리의 목소리가 들려왔다.

"시이, 팔에 힘은 더 빼도 돼."

"네, 네헤……."

"아, 억지로 대답 안 해도 돼. 호흡 리듬만 일정하게. 제대로 뱉고. 뱉는 게 중요해. 그래야 자연스럽게 들이마실 수 있거든."

"히, 히, 후……."

"좀 다르긴 하지만, 괜찮아. 이 페이스대로 가자?"

아야노가 시오리의 전속 코치 같은 느낌이 되어 있었다.

시오리는 예상대로라고 할지, 운동은 서투른 것 같았다.

뒤를 돌아보니, 아야노가 옆에서 함께 달리며 지치지 않는 자세를 알려주거나 상태를 신경 써주면서 확실하게 케어하고 있는 것 같았다. 그리고 시오리가 달리기에 서투른 이유는 대충 짐작했다. 어젯밤 아야노의 말도 이해했다.

움직이는 걸 눈으로 좇게 되는 감각.

저걸 움직인다고 해야 할지, 흔들린다고 해야 할지.

속옷으로 움직임을 억제하고 있는 거겠지만, 사이즈가 사이즈
인 만큼 달리면 눈에 띄었다.

그리고 싫어도 눈이 갔다. 이건 완전히 움직이는 것에 시선이
쏠려버리는 동물의 본능이었다.

그러니까 다시 말해, 나는 나쁘지 않다. 이건 불가항력이야.

"뭐야, 하루 씨는 앞을 보고 달려!"

"아, 네."

"히, 히, 후……."

몸을 앞으로 돌린 뒤 팔을 흔들었다. 땀이 피부를 적시고, 아침
바람이 산들거리며 스쳐 갔다. 의외로 누군가와 함께 달리는 것
도 나쁘지 않다. 그런 생각과 동시에 뒤에 있는 시오리의 페이스
를 신경 쓰면서, 나는 땅을 박찼다.

○

나카노 시키노모리 공원에 도착하자 나도 꽤 숨이 찼다.

2분 정도 늦게 도착한 시오리는 풀썩, 잔디 위에 주저앉았다.

하얀 목덜미에는 땀이 맺혀 있고, 티셔츠도 약간 젖어 있다.

나는 시오리에게 수건을 건네주고 앉아 잔디 공원을 둘러보
았다.

아직 토요일 이른 시간이지만 공원에는 드문드문 사람이 있었
다. 근처 대학의 학생으로 보이는 남녀나 초등학생 정도의 아이,

워킹을 하고 있는 노인까지 이용자의 연령대는 다양했다.

공원을 멍하니 보고 있는데, 나와 시오리의 앞에서 아야노가 손뼉을 쳤다.

"자자, 두 사람 다. 식기 전에 몸 풀어둬."

아야노는 완전 멀쩡한 얼굴로 뺨에 맺힌 땀을 손목밴드로 가볍게 닦으며 말했다.

"네, 네헤⋯⋯."

"아, 달리고 난 뒤에 하는 게 좋은 건가."

"세 명이나 되니까, 두 명씩 짝지어서 페어 스트레칭 할까?"

"⋯⋯나, 나왔네요. 두 명이서 한 팀⋯⋯ 제가 보고 있으면 되겠죠⋯⋯."

시오리가 어두운 얼굴을 하고 있다.

──두 명씩 한 팀.

특정인에게는 상처가 되는 주문이다.

시오리는 초등학교 시절 친구가 적었던 것 같으니, 그때의 트라우마인 걸까. 시오리에게 중고등학교 내내 친구가 없었다고 생각하긴 어렵지만, 그래도 여자들 그룹의 온도 차 같은 건 알 수 없다.

아야노는 쓰게 웃으며 침울 모드인 시오리를 달래고 있었다.

"아니야, 다 같이 하자. 시이, 다리 벌리고 앉아봐. 하루 씨는 뒤에서 밀고."

"그래."

"네, 네에⋯⋯."

잔디 위에서 시오리는 다리를 벌리고 앉았다.

아마 원래는 좀 더 다리를 벌리고 앉아야 했지만, 시오리는 60도 정도의 각도로도 이미 부들부들 떨리고 있다. 미묘하게 무릎도 들려 있고.

"시이, 엄청 뻣뻣하네."

"힉, 으읏…… 이 이상은, 안 돼요…… 히, 힘들어요."

"목욕한 다음에 스트레칭 좀 해주는 게 좋아. 그럼 일단 여기서 구부려 볼까? 하루 씨는 천천히 밀어줘."

"넷, 네에…… 앗, 윽, 응, 아팟!"

"아, 미안. 아팠어?"

"아, 아뇨, 괜찮아요……."

"하루 씨, 조금 더 천천히 움직여줘."

아야노의 지도를 받으며 나는 천천히 시오리의 등을 밀어주었다.

시오리는 허리를 편 채 바르르 떨며 몸을 앞으로 구부렸다.

티셔츠 한 장 너머의 체온이 손바닥으로 전해지니 이상한 기분이 들었다.

달리면서 땀에 젖고 달아오른 몸의 온도가 묘하게 생생했다. 그런데 땀 냄새는 전혀 나지 않았다. 그리고 의식하지 않으려고 노력 중이지만, 속옷으로 입은 후크의 위치 같은 게 감촉으로 어렴풋이 느껴지고 있었다. 소박하게 이런저런 것을 떠올리게 하는 상황이었다.

아니, 사춘기가 아니니까. 뭐든 야하게 생각할 나이는 지났다.

나는 나의 상상력을 봉쇄하기 위해 의식을 가다듬었다.

"60초 정도 그 상태를 유지해줘. 번갈아 가면서 두 세트씩 하자."

"앗, 하으, 아니…… 으으……."

필사적으로 의식을 억누르고 있었더니, 이번에는 헐떡이는 소리 같은 것이 들려왔다.

수상한 짓은 조금도 하지 않았는데 점점 범죄의 향기가 짙어지는 것은 어째서일까.

내가 나쁜 건가. 이상한 죄책감이 들었다.

아무것도 하지 않았는데 지금 만약 추궁을 당한다면 존재하지도 않는 죄를 자백하고 말 것 같았다.

"앗, 호흡은 멈추지 마. 천천히 심호흡하면서. 네, 60초~."

"하아, 히, 후…… 그럼, 다음은 하루후미 씨 차례, 네요……."

이번에는 시오리가 내 등을 밀고, 내가 앞으로 몸을 구부렸다.

녹슨 관절이 펴지면서 삐걱삐걱 비명을 질러댔다. 나도 비명을 지르고 싶어졌다.

예전에는 이렇게까지 뻣뻣하지 않았는데, 운동 부족이라는 현상이 여실히 드러나고 있었다. 내일은 근육통, 확정이다.

"으윽, 이, 이거 둘이서 하는 의미가 있나?"

"혼자 하는 것보다 더 폭넓은 스트레칭을 할 수 있으니까. 하루 씨는 힘 좀 더 빼."

"앗, 얌마. 등에 타지 마! 항복항복항복!!"

"이히힛, 지난번 게임 때와는 입장이 반대가 됐네?"

"평화적으로 가자, 평화적으로!"

그 후, 10분 정도 스트레칭을 진행하고, 축 늘어진 나와 시오리는 벤치에 앉아 휴식을 취했다.

○

"팔팔하네~, 여고생은."
"……그러게요."
　나와 시오리는 벤치에 앉은 채 자판기에서 뽑아 온 스포츠음료를 마시고 있었다. 시선은 조금 앞에 있는 잔디밭을 향하고 있다. 아야노는 "운동이 부족해"라고 말하고는 가지고 온 줄넘기를 사용해 펄쩍펄쩍 뛰고 있었다. 2단 뛰기부터 교차 뛰기, 더블 크로스 등 어려운 기술도 가볍게 해내고 있다.
　해는 이미 떴지만 땀을 흘려서 그런지 바람이 시원하고 상쾌했다.
　시오리는 폴짝폴짝 뛰는 아야노를 바라보다가, 땀으로 이마에 달라붙은 머리를 털어내며 입을 열었다.
　"저, 기운을 차려서…… 다행이에요……."
　"응? 아아, 응. 그러게. 응. 그건 정말 다행이야."
　내가 수긍하자 시오리가 미소를 지어 보였다.
　처음 집에 데리고 왔을 때만 해도 아야노는 완전히 지친 상태로, 다음날엔 고열까지 났다. 혼자 잠을 이루지 못해 심야 배회를 계속한 결과였다. 아마 마침 그날이 아야노의 한계였겠지. 지붕 아래에서 편하게 자고 나니 팽팽했던 긴장의 끈이 단번에 풀린 것일지도 몰랐다.

간병에서 비롯된 일들을 떠올려 보니, 이렇게 건강하게 뛰어다닐 수 있다는 것은 큰 변화였다.

내가 지금 이렇게 달리고 있는 것도 그 변화의 연장선상이다.

아야노를 데리고 온 뒤로, 시오리와 재회한 뒤로, 내 생활 역시 상당히 변해 있었다.

옆에 있는 시오리와 눈앞의 아야노의 존재에 대해 다시 한번 생각하게 된다.

예전 생활에 큰 불만이 있었던 건 아니지만, 그래도 분명 이런 시간을 보낸 뒤 다시 혼자로 돌아간다면, 그 1DK가 예전보다는 쓸쓸하게 느껴질지도 몰랐다. 나는 지금의 생활이 마음에 들고 만 것이다.

정말이지 성인 남자로서는 한심한 일이었다.

혼자 잘 수 없다고 말했던 아야노의 마음이 조금은 이해되는 기분이다.

아니, 저 아이의 심각성에 비하면 난 거의 어린아이 투정에 가까웠다.

이런 아픔에는 침이나 대충 발라두면 된다.

나는 쓴웃음을 지어 보이며 페트병을 기울였다.

시오리도 스포츠음료를 마시더니, 잠시 숨을 내쉬고는 입을 열었다.

"처음엔, 정말, 놀랐지만…… 그래도, 다행이라고 생각해요."

"아야노를 데리고 온 거?"

"⋯⋯네."

시오리는 그렇게 말하면서 건너편을 향해 손을 흔들었다.

아야노가 "이거 봐봐!"라면서 크게 팔을 휘둘렀다.

그 직후 몸을 돌려 뛰어오르더니, 아야노는 더블 크로스를 선보였다.

근처에서 보고 있던 초등학생 무리가 "대박~!"이라면서 아야노를 둘러싸고 박수를 보내고 있었다. 아야노는 싫지 않다는 얼굴로 "이야~ 고마워요"라며 장단에 맞춰주고 있다.

나는 눈을 가늘게 뜬 채 그 평화로운 광경을 바라보았다.

초등학생과 장난을 치며 밝게 노는 모습은 아야노와 잘 어울렸다. 원래 저렇게 웃고 있어야 할 아이다. 심야 거리를 배회할 게 아니라. 그런 생각을 하며, 나는 또다시 떠올리기 싫은 일을 생각했다.

"건강해진 건 다행이야. 하지만."

"⋯⋯하지만?"

──정말 의지해야 할 사람은 내가 아니었다.

그렇게 말하려다가, 관뒀다.

그렇다 해도 어쩔 수 없는 일이니까.

나는 그때, 아사가야역에서 두 번째로 아야노를 발견했을 때, 그 선택을 하지 않았다. 공적인 도움을 요청하지 않고 그대로 아야노를 데리고 돌아왔다. 그리고 그때 한 행동을 새삼스럽게 후회하는 것도 아니다. 그렇다면, 그런 말을 해서는 안 되는 것이다. 그런 건 단순한 핑계고, 자신의 죄를 작게 보이려는 위장일

뿐이다.

스스로의 죄악감을 드러낼 때, 인간은 예외 없이 추해진다.

『내가 나빴다고 생각해』

『그때는 정말 미안했다』

『어쩔 수 없었어. 나도 힘들었다』

모든 말들이, 차마 듣기 힘든 것들이다.

자신의 죄악감을 덜기 위한 추함의 극치다. 원망받고 싶지 않다면, 심판받고 싶지 않다면, 애초에 법의 테두리를 벗어나지 말아야 한다.

그래서 나는 "좀 지나치게 건강해졌네"라고 둘러댔다. 시오리는 조심스레 미소지으며, 상냥한 눈으로 아야노를 바라보고는 "그럴지도 모르겠네요"라고 말했다.

"……하루후미 씨."

"응?"

"아야노 씨는…… 제대로, 알고 있을 거예요, 분명."

"알고 있어?"

나는 어린아이처럼 되물었다.

초등학생들에게 둘러싸인 아야노가, "여기~"하면서 이쪽으로 손을 흔들고 있었다.

시오리는 쿡쿡, 하며 약간 장난스럽게 웃더니 벤치에서 몸을 일으켰다. 시오리가 한 걸음 앞으로 나아가 뒤를 돌아보자, 아침 햇살의 눈부심 속에 똑같이 눈부신 웃음이 비쳤다.

"분명 하루후미 씨는, 그렇다 해도 스스로를 용서하지 않겠지만.

그래도 저는, 알아주셨으면 좋겠어요."

시오리는 그렇게 말하고 아야노 쪽을 향해 걷기 시작했다.

천천히 멀어지며, 아침 햇살 속으로 나아간다.

나는 그 눈부심에 눈을 더 가늘게 떴다.

빛 속에서 그림자를 드리운 채, 시오리는 그 어느 때보다 자신감에 찬 목소리로 말했다.

"우리는…… 의지할 상대를, 선택할 수 있다는 걸."

시오리가 아야노에게 다가갔다.

초등학생들에게 줄넘기 교실을 열고 있던 아야노가, "시이도 할래?"라며 말을 걸어왔다. 초등학생이 환영하듯 소리를 질렀다. 시오리는 "힘낼게요" 하며 줄넘기를 건네받았다.

나는 눈을 감고 두 사람과 아이들의 목소리에 귀를 기울였다. 하늘의 푸르름이 눈에 사무친다. 진부한 표현이지만, 지금은 좀 알 것 같았다.

간단하게 말하자면, 우리 여대생은 정말이지 고귀하다는 것이었다.

○

참고로 시오리가 줄넘기를 시작한 뒤, 초등학생 남자아이들의 취향을 이상하게 비틀어버릴 것 같은 느낌이 든 나는 당황해서 말리는 처지가 되어 있었다. 다만 어떻게 말려야 할지 알 수가 없어서 결국 "부탁이니까 내 눈앞에서 말고는 줄넘기를 하지 말아

줘"라는 우회적인 참신한 고백 같은 대사를 던지고 말았다.

시오리는 영문도 모른 채 얼굴을 붉혔고, 아야노는 초등학생들과 함께 깔깔 웃었다.

제 8 화 ○ 나카노 브로드웨이

　나카노 시키노모리 공원까지 달리기를 한 이후의 이야기. 아야노가 초등학생들을 길들이거나, 시오리가 초등학생들의 취향을 비틀어버리거나, 여러모로 시끄러웠던 그 후의 이야기다.

　"나카노까지 왔으니까 잠깐 들렀다 갈까?"

　"어디를?"

　"나카노 브로드웨이."

　나카노 브로드웨이는 서브컬처의 성지라 불리는 상업 시설이었다. 깔끔하게 나뉜 저마다의 공간에 크고 작은 매장이 들어서 있는 쇼핑센터로, 과거의 구룡채성을 떠올리게 하는 혼돈의 분위기를 자아내고 있는 곳이다.

　난잡하고 마굴 같은 느낌이 가득했지만, 그것도 매력 중 하나였다.

　점포 중에는 『만다라케*』를 비롯해 서브컬처 분위기를 강하게 내뿜는 곳들이 많았다. 애니메이션 원화나 낡은 만화책, 헌책, 미니카나 소프트 비닐**, 최신 피규어, 레트로 게임 등, 이런 취미를 사진 사람들의 욕구를 충족시킬 만한 라인업이 충실하게 갖춰져 있었다. 나머지는 시계방이나 카페 등, 서브컬처와 관련이 없는 가게도 늘어서 있다.

　두 사람 다 운동복 차림인 것을 걱정했지만, 오래 있지는 않을

*일본의 프랜차이즈 중고 만화 서점. 나카노 브로드웨이에 본점을 두고 있다.

**PVC 재질로 만들어진 인형. 주로 90년대에 생산되었다.

거라고 전하자 "뭐, 그렇다면 좋아~", "괜찮아요"라는 승낙을 받았다.

　나카노역에서 도보 5분 정도여서 공원에서도 비슷한 거리였다. 나는 두 사람을 데리고 역 앞의 나카노 썬몰 상점가 아케이드를 걸었다.

　"두 사람은 안 가봤어?"

　"안 가봤어~."

　"저도 아직…… 동아리 친구들은, 자주 오는 것, 같지만요……."

　"게임 관련으로는 꽤 오래된 소프트가 많으니까, 같이 오면 즐겁지 않을까? 난 별로 친구들이랑 와 본 적은 없어서."

　"앗, 하루 씨의 슬픈 정보다."

　"슬프지 않아. 혼자 와도 충분히 즐길 수 있는 곳이거든."

　"허세는 안 부려도 돼~. 오늘은 같이 어울려 줄 테니까."

　"허세 아니니까 동정한다는 듯이 어깨에 손 올리지 마. 히죽히죽 웃지도 마."

　"하루후미 씨는…… 저기, 자주 오시나요……?"

　"요즘엔 바빠서 못 왔는데, 학창 시절엔 자주 왔지."

　말하면서 걸어가자 아케이드 끝에 『NAKANO BROADWAY』라고 적힌 빨간 입구가 보였다.

　안에 들어가자 오른쪽에 『은하철도 999』에 나오는 메텔의 실물 크기 피규어가 세워져 있다.

　아야노는 "오호~"라고 감탄하며 완전히 다른 세계의 문화를 보는 느낌으로 보고 있었다.

"두 층만 간단히 보고 가자. 가는 길에 소프트 아이스크림 사 줄게."

"앗…… 저는, 그…… 신경 쓰시지 않아도……."

"흐음, 어라, 에스컬레이터 타는 거 아냐?"

"아아, 그건 함정이야."

들어가자마자 있는 에스컬레이터는 3층 직통이었다. 브로드웨이 초보자는 무심코 탔다가 길을 헤맨다는 소문이 있다.

2층을 건너뛰는 이유는, 나도 모른다.

나는 DVD나 CD가 모여 있는 2층 매장으로 향했다.

패미콤이나 슈퍼패미콤 계열의 게임 음악을 좋아해서 예전에는 가끔 들렀었다.

시오리는 게임 동아리에 속해 있어서 그런지, 서브컬처 느낌이 가득한 어둑한 가게들을 흥미롭다는 얼굴로 바라보았다. 살짝 들여다보려다가 "시이!" 하고 아야노에게 불려, 다소 아쉬운 듯이 따라온다. 다음에 평상복 차림일 때 찬찬히 보여주고 싶었다.

목적지인 『만다라케 UFO』에 도착했다.

여기서 판매하는 상품 중에는 입수하기 어려운 진귀한 물건이 종종 섞여 있어서, 탐색하는 보람이 있는 곳이었다. 유리로 된 쇼케이스가 가게를 구분하고 있었고, 안으로 들어간 우리는 매장 안에 한가득 늘어선 선반을 바라보았다.

시오리는 오래된 애니메이션이나 특촬 코너에 빨려 들어가듯이 가까워지고 있었다.

아야노는 조금 낯선 기색으로 주변을 살펴보더니, 내 뒤를 바짝 따라왔다. 아야노 나름대로 자신의 관심 분야는 아니라고 판단한 것 같았다.

아야노는 선반 앞에 쭈그리고 앉아 있는 나의 양어깨에 손을 얹으며 물어왔다.

"하루 씨, 뭐 찾아?"

"『에일리언』. 메이킹 필름 포함된 거."

"메이킹이 뭐야? 어떤 건데?"

"촬영 현장 같은 걸 담은 영상인데, 이게 꽤 굉장하다더라고."

"본 적 있어?"

"개인 블로그에서 추천해주는 걸 봤거든. 리들리 스콧 감독이, 아, 초대 『에일리언』 감독인데, 예산이라든가, 이런저런 사정으로 꽤 엉망이었다나 봐. 촬영 전에 우주선 세트장을 망치로 부수거나, 배우에게 폭언을 퍼붓고 나서는 『사실 다른 녀석에게 말하려고 했다』면서 사과하거나."

"뭐야 그게. 지옥도네."

"『에일리언』은 『2』를 찍을 때도 『3』을 찍을 때도 여러모로 문제가 많았거든. 『3』이 특히 유명한데, 각본이 완성되기도 전에 세트장이 지어지거나 했지."

"에엥, 하루 씨는 왜 그런 게 보고 싶어?"

"현장의 열기라고 할까, 시행착오 같은 걸 알면 이해가 깊어지는 느낌이니까……."

"흐음, 잘 모르겠어~."

반응이 우리 어머니랑 똑같다. 상관없지만.

나는 나만 계속 얘기한 것이 신경 쓰여 아야노에게도 물어보았다.

"그러고 보니, 아야노는 좋아하는 영화 없어?"

"좋아하는 영화? 으음~."

떠올려 보니 나는 아야노의 취미가 무엇인지 몰랐다.

육상부였다는 건 오늘 알았지만, 딱 그 정도다. 예전에 휴일에 뭘 하냐고 물었을 때도 『그냥 보통 남들 하는 거?』라는 애매한 대답이었다.

아야노는 잠시 생각하더니 "좋아하는 영화는 특별히 없는 것 같아"라는 대답을 내놓았다.

"TV에 나오는 거 가끔 보는 정도고. 영화관도 전혀 안 가니까."

"정말 관심도 없는 애를 데려왔군. 미안하다, 금방 갈 테니까."

"별로 신경 안 써. 하루 씨가 즐겁게 얘기하는 거 보고 있으면 좋기도 하고."

아야노는 개나 고양이를 대하듯 내 머리를 쓰다듬었다.

그런 말을 들으면, 아무렇지도 않게 한 시간 이상은 얘기해 버리고 마니까 좋지 않다. 상황에 따라서는 막차 시간부터 첫차 시간까지 얘기할 수도 있었다. 심야 영화를 보는 유형의 인간에게는 다소 편향된 열정이라는 것이 있으니 그런 귀여운 대사는 경솔하게 하지 말도록.

"앗, 미안함다, 지나갈게요~."

말을 거는 목소리에 나와 아야노는 "죄송합니다", "네에~"라며 선반에 붙어 길을 터주었다.

"감삼다~."

"고맙습니다아~."

그렇게 말하며, 키 작은 여자아이와 키 큰 여자아이 콤비가 뒤를 지나갔다.

키 작은 여자아이는 캔배지가 가득 든 가방을 메고 있었다. 아야노는 기합이 잔뜩 들어간 가방을 눈으로 좇더니, "저런 것도, 여기에 있어?"라고 물어왔다. 저런 거라고 하면 캔배지를 말하는 건가.

"배지나 굿즈를 말하는 거라면 물론 있지. 매장은 다르지만."

"여러 취미를 가진 사람이 오는구나~, 여기는."

"꽤 치우쳐 있긴 하지만 말야, 음, 없네!"

찾는 것이 없다는 것을 확인하고는, 오늘은 빈손으로 돌아가기로 했다.

아야노는 안타깝다는 얼굴을 해 보였다.

"아쉽겠다."

"뭐, 없으면 없는 대로 상관없어. 찾는 거 자체가 즐겁기도 하니까."

"다른 가게는 안 봐도 돼?"

"다음에. 운동복 차림으로 계속 데리고 다니는 것도 좀 그렇잖아."

"그건 처음에 생각했어야 하는 부분이지만 말이지~."

"내 델리커시는 죽었으니까."

"포기하면 안 돼, 하루 씨. 조금씩 배워가자."

"아아, 그러죠. 어, 그러고 보니 시오리는?"

"저쪽 선반으로 가던데?"

나와 아야노는 시오리가 간 쪽을 바라봤다. 선반의 그늘에 가려져서 잘 보이지 않았다. 우리는 선반의 그늘에서 얼굴을 내밀었다. 가게 벽면, DVD 박스나 전권 세트가 줄지어 있는 유리 케이스 앞에 시오리가 서 있었다.

그런데 왠지, 조금 전 지나간 크고 작았던 여자 2명에게 둘러싸여 있다.

나와 아야노는 "시오리?", "시이?" 하고 부르며 고개를 기울였다.

시오리와 여자 콤비가 뒤를 돌아보았다. 시오리는 "그게……" 하면서 말을 더듬고 있었고, 크고 작은 여자 콤비는 양 사이드에서 시오리의 팔을 꽉 붙들었다. 포획이라는 말이 어울리는 모양새였다.

"얘기 좀 들려줄래, 시오링."

작은 여자아이가 그렇게 말하자, 시오리가 "네, 네에……"라며 작게 고개를 끄덕였다.

나와 아야노는 상황을 이해하지 못한 채 "음?" 하며 서로 고개를 갸웃했다.

○

키 작은 여자아이가 네코 씨, 키 큰 여자아이는 타카코 씨라고 했다.

시오리가 소속된 게임 동아리 친구인 모양이다. 얼마 전 과제를 돕기 위해 자러 간 곳도 네코 씨의 집이라고. 사이가 좋은 친구인 것 같다.

현재 위치는 나카노 브로드웨이 지하 1층.

나는 식당가에 있는 『데일리치코』라는 가게에서 이곳의 명물인 특대 소프트 아이스크림(8가지 맛으로 된 길쭉한 아이스크림이다) 두 개를 산 뒤 하나는 네코 씨와 타카코 씨에게, 또 하나는 시오리와 아야노에게 건네주었다. 주는 김에 숟가락도 인원수대로 배포했다.

"앗, 잘 먹겠습다~."

"고맙습니다아~"

네코 씨와 타카코 씨는 시원스레 대접을 받았다. 학생은 그래도 된다.

사회인에게는 학생들에게 밥을 사주고 싶다는 욕구가 있다.

아야노도 "와아~"라면서 평소처럼 자연스럽게 아이스크림에 스푼을 푹 찍었다. 시오리만 어딘가 어색하게, 쉬는 날 엄마와 함께 있는 모습을 반 친구들에게 들킨 사춘기 남자아이 같은 분위기를 풍기고 있었다.

네코 씨가 아이스크림을 와구와구 퍼먹으며 물었다.

"그러니까, 아저, 아니 오빠가 시오리를 재워주시는 건가요?"

"그렇지. 아저씨라고 불러도 돼."

"아니, 뭔가 생각한 것보다 너무 젊어서요!"

"그래? 고마워."

"아, 아뇨, 당치도 않습니다! 네!"

네코 씨는 어딘가 긴장한 눈치였다. 시오리와 같은 여대라서 연상의 남자와 대화할 기회가 적었을지도 모른다. 네코 씨 옆에 있는 타카코 씨는 그에 비해 차분했다. 태연한 분위기라고 할지, 여유가 있었다.

"하루 씨도 아이스크림 한 입 먹을래?"

"아아, 그럼 한 입만."

"자, 아앙~."

"아니, 스푼을 달라고, 스푼을."

나와 아야노가 평소와 같은 바보 같은 대화를 하고 있으니, 네코 씨와 타카코 씨가 시오리를 끌어당겨 무어라 속닥속닥 말을 나눴다. 비밀 대화였겠지만, 데일리치코 앞은 그렇게 넓지 않아서 말하는 내용은 대충 다 들렸다.

"시오링, 얘기한 거랑 다르지 않아?! 『아저씨』가 아니잖아?!"

"저⋯⋯저는, 딱히, 아저씨라고는⋯⋯ 고향에서 신세를 진 분이라고만."

"그렇게 말하면 나이를 알기 어렵잖아~."

"게다가 꽤 잘생겼어! 위험한 거 아냐?!"

"위, 위험하지는⋯⋯ 않아요, 분명."

"그보다, 저쪽 여자애는 여친? 너어무 젊지 않나?"

"앗, 아야노 양은, 근처의, 지인 같은 분이라⋯⋯ 달리기 동료?"

"왜 의문형인 것인지?"

"어째서 의문형~?"

나와 아야노는 특대 소프트 아이스크림을 먹어치우면서, 속닥속닥 이야기를 진행하는 세 여자를 바라보았다. 작은 네코 씨, 큰 타카코 씨, 둘 사이에서 허둥대는 시오리. 의외로 균형 잡힌 멤버였다. 사이도 좋은 것 같고, 좋은 친구들이 생긴 것 같아 마음이 놓였다. 초등학교 때는 친구가 적었던 것 같았으니. 그러고 보니 언젠가 여름 축제에서도 홀로 공원에 웅크리고 있지 않았나. 그건 언제 적 일이었지.

내가 예전 기억을 더듬고 있는데, 아야노가 숟가락을 핥으며 입을 열었다.

"시이 친구들, 개성 강하네."

"확실히. 여대생이라는 건 저런 느낌인 건가."

"네코 씨는 어떤 한자 쓰는 걸까? 고양이 할 때 네코*?"

"음, 아마 아닐 것 같은데."

"그보다 하루 씨, 『꽤 잘생겼다』라는 말 듣고 히죽거리지 않았어?"

"아야노의 헤어컷 덕분이지."

"오오, 과연. 그렇게 나오시는군. 후후, 꽤 하잖아."

아야노가 빙긋 웃으며 놀리듯이 팔꿈치로 쿡쿡 찔러왔다.

내 대답이 마음에 들었나 보다. 그때, 시선이 느껴져 나는 여대생 3인방을 돌아보았다. 눈이 마주치자 세 사람은 홱, 하고 시선을 돌린다. 그리고 또다시 비밀 대화.

*일본어로 고양이의 발음은 네코로 동일하다.

"저거 봐! 또 꽁냥대잖아!"

"아…… 저건…… 단순히 사이가 좋은 거 아닌가요?"

"아~ 근데 나도 아까 가게에서 『이렇게 꽁냥대는 커플도 있구나』하고 생각하긴 했어."

"아, 저도 생각했어요! 이런 인싸 커플이 다 있구나~ 하고."

"아니, 난 인싸랑은 거리가 멀다고 생각하는데."

"앗, 죄송해요! 농담이었어요! 오빠는 아싸 캐릭터예요!"

"아니, 네코. 실례되는 말을 아무렇지도 않게 하는 거 아닌가~?"

"네코……."

"어, 앗, 큰일이다! 죄송해요옷!"

나와 아야노는 즐거워 보이는 세 사람의 대화에 쓴웃음을 짓고 말았다.

○

특대 소프트 아이스크림을 다 먹고 나서, 시오리는 네코&타카코에게 "자세한 사정 청취를 듣겠습니다!", "하나부터 열까지 다 물어볼 거야~"라는 말과 함께 끌려갔다.

연행 직후, 내 스마트폰에 삐롱, 하고 메시지가 도착했다. 시오리로부터다.

『저는 신경 쓰지 마시고 먼저 가세요…… 』라고 쓰여 있었다.

만화적 상황으로 보자면 최후의 대사 같았다.

나는 시오리가 보낸 메시지를 아야노에게 보여주었다.

"먼저 아사가야에 가 있을까."

"그냥 두고 가면 불쌍하잖아? 그냥 같이 가자."

"그럼 대충 상황 봐서 합류할까."

나는 『같이 갑시다. 사정 청취가 끝나면 연락주세요』라고 적어서 답장을 보내놓았다.

이제 시간을 때워야 하는데, 일단은 안을 한 바퀴 돌기로 했다.

"근데 미안하네. 결국 운동복 차림으로 다니게 돼서."

"뭐, 이미 실컷 돌아다녔는데 괜찮아. 소프트 아이스크림도 맛있었고."

"미안. 그럼 좀 어울려줘."

그렇게 말하면서 나와 아야노는 3층 직통 에스컬레이터와 계단을 이용해 4층으로 갔다. 4층에는 토리이로 유명한 『만다라케 헨야』, 애니메이션 원화나 대본 등이 있는 『만다라케 애니메이션관』 등이 있었다.

대체로 나는 해설 역으로, 아야노는 "흐음~" 하면서 바라보고 있었다. 소프트 비닐이나 원화가 있는 작품은 대부분 오래된 것들이니, 아야노에겐 익숙하지 않을지도 모른다. 아야노는 전설적인 미소녀 전사 애니메이션 작품의 배경 미술집을 보고 있었다.

"이 그림 예쁘다. 뭔가 색감이 부드러워. 은은하게 연한 느낌?"

"파스텔풍 수채화 그림이네. 나도 그건 예쁘다고 생각해."

"이것도 옛날 작품이야?"

"아마 아야노가 태어나기 전일 거야. 나도 그 시대에 본 건 아니었고."

"뭔가 좀 요즘 유행 같지 않아?"

"글쎄다. 요즘엔 80년대 리바이벌 같은 말도 있으니까. 유행이 돌고 있는 건지도 모르지."

그런 얘기를 주고받으며 나와 아야노는 발길 닿는 대로 돌아다녔다.

아야노가 한 가게 앞에서 걸음을 멈췄다.

"아, 여기 옷가게 같은 것도 있구나."

"음, 있었지. 브로드웨이에서 옷을 본 적은 없지만. 몇 곳인가 있을걸."

"아, 예쁘지 않아? 좀 봐도 돼?"

"그야 물론."

아야노는 『페이＊드＊페』라는 이름의 가게로 들어갔다.

아야노가 옷과 악세서리를 구경하고, 나는 그 뒤를 따랐다. 아야노는 하나하나 찬찬히 살펴보더니 아무것도 사지 않은 채 가게를 빠져나왔다. 나는 그 옆에 서서 물었다.

"뭐 갖고 싶은 건 없었어?"

"으음~, 지금은 됐어. 갖고 있는 돈도 없고."

아야노는 휘적휘적 걸어 나갔고 나는 그 걸음을 따라갔다. 아야노는 4층을 적당히 둘러보고 내려가더니, 코스프레 의상이나 소품을 취급하는 가게 앞에서 멈춰 섰다.

"아, 뭔가 가발 같은 게 있어. 무슨 가게야?"

"삿대질은 하지 말고. 코스프레 계열 가게야."

"천이 전체적으로 매끈매끈해. 왜 그런 거야?"

"아니, 그건 나도 몰라."

"하루 씨도 모르는 게 있구나."

"코스프레는 내 분야가 아니니까."

"어쩐지 여고생 교복 같은 게 많지 않아? 왜 그런 거야?"

"수요와 공급이 맞물려 있는 거지."

"하루 씨, 내가 이런 거 입어 주면 좋아할 거야?"

"이런 건 누군가를 위해서가 아니라 본인이 좋아서 입는 거야."

"앗, 뭔가 그럴싸한 말을 하네~."

그 후에도 한동안 코스프레 가게를 구경하거나 이야기를 나누며 우리는 정처 없이 계속 걸었다. 아야노와 함께 걸으면서 실감하는 것은 『차이』였다.

나와 아야노는 시선에 담는 것, 사물을 느끼는 방법이 전혀 다르다.

성별도 나이도 다르니까 어쩌면 당연한 이야기지만, 그 이상으로 소중히 여기는 것이나 시간을 보내는 방법, 지금까지의 생활 방식으로 쌓인 방향성 자체가 달랐다.

아까 그 옷가게도 아야노가 말하지 않았다면 난 평생 그냥 지나쳤을지도 모른다. 코스프레 가게도 기본적으로는 들어가지 않는다.

익숙한 장소, 자주 보는 것이라도 아야노와 있으면 생각지도 못한 깨달음을 얻게 된다.

동시에 아야노에게 많은 것들을 보여주고 싶다는 마음이 생겨났다. 뭐, 당사자에게는 달갑지 않은 호의일수도 있겠지만.

나는 그런 생각을 하며 쓰게 웃었다. 어렸을 적, 나를 사찰에 데려갔던 어머니의 마음을 알 것 같았다. 그게 이런 거였구나.

"응? 하루 씨, 왜 웃어?"

"아아, 그냥, 즐겁구나 싶어서."

"흐음, 역시 이런 느낌의 장소가 좋은 거야?"

"아니, 뭐 그것도 그렇지만. 아야노랑 함께라면 어디를 가도 즐 거울 것 같아."

"……엑?! 흐, 흐음~, 그, 그렇구나! 그래, 나랑 있으면 즐겁 구나?!"

"오, 시오리 연락 왔다. 풀려났으니까 1층에서 만나자고 하네."

"어쩔 수 없지~. 또 나중에 어디든 어울려 줄게!"

나는 묘하게 기분이 좋아진 아야노와 함께 1층 입구에서 기다렸 다. 잠시 기다리고 있으니 축 늘어진 모습의 시오리가 다가왔다.

상당히 힘들었던 사정 청취였나 보다.

"돌아갈 땐 천천히 걸어갈까. 아, 아니면 전철 타고 갈래?"

"걷는 게 낫지 않아? 삼십 분 정도지?"

"아, 아이스크림 잘 먹었어요. 선배도 그렇게 전해달라고……."

"그 키 큰 애, 역시 선배였구나."

"네……. 타카코 선배는, 한 살 연상이에요."

"맞다, 시이. 네코라는 사람은 무슨 한자를 써?"

그런 얘기를 서로 나누면서, 셋이서 아사가야로 돌아갔다.

남은 시간은 집에서 느긋하게 쉬기로 했다.

아야노가 조르기에 나는 『파리, 텍사스』 DVD를 거실에 틀어두었다.

　달리기로 적당히 피로해진 것까지 더해져서, 소파에서 영화를 보던 세 사람은 모두 도중에 잠들고 말았다. 팬들이 이 광경을 봤다면 화를 냈겠지.

　참고로, 이건 그다음 날의 이야기.

　달리기의 효과가 정통으로 나타나서, 나와 시오리는 제대로 근육통을 겪었다.

제 8 화 # ● 나카노 브로드웨이 뒷이야기

『같이 갑시다. 사정 청취가 끝나면 연락 주세요』

하루후미 씨에게서 온 메시지를 확인하고 저는 스마트폰을 다시 넣었습니다.

나카노 브로드웨이 2층에 있는 카페『찻집 에무』.

서브컬처 색이 강한 나카노 브로드웨이에 있으면서도, 가게 안은 과거 그대로의 차분한 청취가 느껴져서 오히려 그 갭이 매력적입니다.

네코와 타카코 선배, 같은 현대 게임 동아리 소속인 두 사람에게 끌려서 저는 4인용 좌석 벽 쪽에 앉았습니다.

타카코 선배는 같은 동아리의 1년 선배로, 네코와는 대조적으로 키가 큰 사람입니다. 키는 남자들 틈에 섞여 있어도 꽤 큰 편입니다. 주로 FPS, 캐릭터 자체의 시점으로 총을 쏘는 게임을 즐겨 합니다. 그리고 보드게임이나 아날로그 게임도 수비 범위로 두고 있는 것 같습니다. 또 코스프레도 취미예요. 다재다능한 사람입니다.

그 타카코 선배가 아이스커피를 인원수만큼 주문하고는, 서두를 꺼냈습니다.

"장소도 옮겼겠다, 사실을, 밝혀주실까?"

"사, 사실…… 이라는 건?"

"그야 뻔하잖아~."

타카코 선배가 의미심장한 얼굴을 짓습니다. 옆에 있던 네코도 진지한 얼굴입니다. 저도 모르게 자세를 바로잡았습니다. 아야노에 대해 물으면, 섣불리 대답할 순 없으니까요. 좌식 책상에 긴장감이 흐르는 가운데, 타카코 선배가 다시 입을 열었습니다.

"시오리는 그 오빠, 좋아해?"

"타…… 타카코 선배?"

"타, 타카 선배?"

"아니, 이거 하는 거 아니었어? 연애 이야기."

"이상한 짓을 당하지 않았나, 그런 얘기 아니었어요?!"

"뭐야~, 이미 선거권도 있는 남녀잖아~. 네코는 너무 과보호라니까~."

타카코는 네코의 말을 가볍게 흘려버렸습니다. 네코는 타카코 선배의 태연한 반응에 입을 떡 벌리고 있네요.

"그리고 말야, 이상한 녀석이 들러붙는 것보단 낫잖아? 남자 방지도 되고?"

"오빠가 이상한 녀석일 수도 있잖아요?!"

"시오리가 고향에 있을 때 신세를 진 사람이라고 했지? 그럼 괜찮지 않겠어~?"

"에엥, 그래도 나이도 비슷하잖습까! 시오링은 예쁘고! 무조건 위험하다니까요! 시오링을 보호해야죠, 우리가!"

"시오리가 예쁘다는 건 인정하지만, 아, 그 오빠 몇 살이지?"

"저기…… 스물여섯이에요."

"흐음~, 나이 차가 미묘하네. 여친이 있었다면 집에 들였겠지~?"

"사귀는 분은…… 없다고 들었어요."

"저 금발 머리의 귀여운 애는? 여친 아냐?"

"이웃집에 사는, 같이 달리는 동료라……."

"그보다 선배, 아까 그 애 가까이서 보니까 엄청 젊지 않았어요?! 아마 여고생 정도였다구요?! 범죄 아닙니까?! 역시 이상하다니까요!!"

"뭐~ 저 정도 나이라면 연상을 동경하는 경우도 더러 있으니까. 손만 안 대면 세이프 아닌가? 우리 고등학교에도 선생이랑 사귀던 애 있었고."

"그것도 범죄예요! 아니, 역시 남자는 신용할 수 없어요!"

"네코는 여전히 남자를 싫어하는구나~. 근데 네코가 좋아하던 애니에서도 선생님이랑 사귀던 여자애 있었잖아? 뭔가 카드 모으던 거."

"애니잖아요?! 만화잖아요?! 게다가 애니 버전에서는 묘사도 모호했고!"

"애초에 이런 건 시간이나 본인의 의지로 어떻게든 극복할 수 있는 거니까, 나는 솔직히 뭐가 문제인지 모르겠어. 게다가 고등학생이나 됐는데 어른들 말을 듣지 않으면 모르는 거야? 십 대의 의사를 너무 무시하는 거 아니야~?"

"아아, 진짜! 타카 선배는 너무 억지예요!"

"네코, 세상에 뭐든 딱 떨어지는 정답은 없는 거란다."

"……저기."

사정 청취 때문에 불려 온 건데, 네코와 타카코 선배의 열기가 점점 뜨거워지고 있습니다. 점원도 어색한 태도로 아이스커피를 놓고 가네요.

저는 "죄, 죄송합니다……"라며 점원에게 고개를 숙여 보였습니다.

잠시 이야기를 정리해 볼까요.

네코와 타카코 선배의 주장은 단적으로 말해 다음과 같다고 할수 있습니다.

"시오링을 젊은 남자의 집에 두면 안 됩니다!"

"시오리도 어린애가 아니니까 괜찮아~."

두 사람의 대화는 이 상태로 평행선이라, 저는 "저기……", "그러니까……"라면서 대화에 참여해 어떻게든 상황을 진정시켜보려 했지만, 너무 굼뜬 탓에 능숙하게 이야기에 끼어들 수가 없습니다. 네코와 타카코 선배 사이의 논쟁이 포크댄스를 추고 있습니다.

타카코 선배는 아이스커피의 얼음을 으득으득 씹으면서 말했습니다.

"애초에 네코는 그거잖아? 시오리가 요즘 동아리에 와서 놀아주지 않으니까, 질투하는 것뿐이잖아?"

"지, 질투 같은 거 안 키우거든요오!"

"아냐아냐, 어제 내 방에서 엄청――."

"아아아아아! 스톱스톱! 타카 선배 스톱!!"

"저기…… 네코?"

"오해야! 들어봐, 시오링! 오해야!"

"라임 맞추는 거야……?"

"시오리. 가끔이라도 좋으니까 동아리에 들려서 네코랑 좀 놀아줘."

"아…… 네, 그건 저…… 물론이죠."

"히이이이이, 타카 선뱃!"

"뭐야, 동아리 오라고 넌지시 말해달라고 네코가 그랬으면서~."

"넌지시라고 했죠!! 돌직구로 던지면 아무것도 가려지지 않잖아옷!"

네코는 "이제 됐어~"라면서 새빨개진 얼굴을 양손으로 가린 채 에무를 빠져나갔습니다. 그렇게 생각했더니, 발길을 돌려 "계, 계산은 따로따로 가능할까요?"라고 말하며 계산만큼은 깔끔하게 끝마치고 갔습니다. 역시 네코예요.

네코가 나가자 타카코 선배도 "못 말려~"라고 하며 자리에서 일어났습니다.

"뭐, 또 적당히 게임 센터 근처에서 삐져 있겠지. 네코는 내가 회수해 갈게. 시오리도 그쪽이랑 합류하는 거지?"

"아, 네…… 저…….."

"계산은 내가 할 테니까. 모습을 보아하니 돈도 별로 안 가져온 것 같은데."

"아, 죄송…… 감사합니다."

"좋아좋아~. 그 오빠에게도 아이스크림 사 줘서 고맙다고 전해줘~."

타카코 선배는 그렇게 말하더니 "아, 맞다맞다"라면서 말을 이었습니다.

"네코 녀석, 걱정하고 있는 건 진심인 것 같으니까~ 너무 나쁘게 생각하진 말고~."

"그, 그럴 리가요……. 절대 그렇게…… 생각 안 해요."

"시오리는 그랬지 참~. 그럼, 또 동아리에서 놀자~."

"네, 또 봬요……."

제가 고개를 끄덕이자 타카코 선배는 가게를 나가 네코를 데리러 갔습니다.

저는 가게 앞에 나와 타카코 선배가 보이지 않을 때까지 배웅했습니다.

타카코 선배는 네코와 제 관계에 문제가 생기지 않게 배려를 해 준 것 같습니다. 네코가 진심을 표현하게 하면서도, 비판과 추궁이 제게 향하지 않도록 화제를 다른 곳으로 돌려준 것처럼 느껴졌거든요.

"……고마워요, 타카코 선배."

저는 선배를 향해 두 손을 모아 인사한 후, 하루후미 씨에게 연락해 두 사람과 합류했습니다.

제 9 화 ○ 아사가야 니치아사 토크

일요일 아침, 근육통을 앓고 있는 나와 시오리는 소파에 나란히 앉아 TV를 보고 있었다.

당연하지만 『니치아사』 시간이었기 때문이다.

니치아사는 특촬 히어로나 미소녀 전사 계열의 작품을 방영하는 시간대의 애칭이다. 가끔 특촬물 방영 후 타 방송국의 애니메이션까지 포함해서 부르는 사람도 있지만, 거기는 생략하기로.

아침에 약한 시오리도 니치아사 시간에는 이불을 빠져나와 이렇게 함께 나란히 TV를 본다. 시오리는 데운 우유를 홀짝이며 후, 하고 숨을 내쉬었다.

"후우······."

TV를 보고 있을 뿐인데, 한숨 소리에 알 수 없는 색기가 느껴졌다.

졸리고 나른해 보이는 긴 속눈썹이 이상하게 어른스러운 분위기를 자아냈다.

참고로 아야노는 베란다에서 이불을 퍽퍽 때리고 있었다. 가사 분담으로 아야노는 토, 일에 침실 청소를 담당하고 있었다. 그래서 시오리가 일어나기를 기다렸던 것이다.

어제에 이어 오늘도 날씨가 좋았다.

이불을 말리기엔 최적인 날씨다.

니치아사 도중에 광고가 흘러나오기에 나는 문득 생각난 옛날 이야기를 시오리에게 건넸다.

"그러고 보니까 어렸을 때도 내 방에서 봤었지, 니치아사. 왜 그랬더라?"

"아, 맞아요. 하루후미 씨가 보고 있길래, 그래서 저도 같이⋯⋯."

"아아~, 그렇군. 그땐 아침 일찍부터 왔으니까, 내 방에."

"대부분은, 자고 있었지만요, 하루후미 씨는⋯⋯ 아."

"맞아맞아. 그래서 시오리가 자고 있던 내 이불 속으로 들어와서──."

이야기하는 사이 당시의 일이 떠올랐다.

시오리가 초등학생이었던 시절의 일이었다.

어린 시절의 시오리는 초인종을 누르지 않고 조용히 집에 들어왔다. 어머니에게만 인사를 했던 모양이었다. 초등학생 시오리는 당시 내 방에 살그머니 들어와 자고 있던 내 이불 속으로 숨어들곤 했다. 초등학생다운 장난이었다.

나는 매주 그걸로 잠을 깨서, 장난꾸러기 동생에게 간질간질 형벌을 내리곤 했다. 시오리는 "간지러워", "아하하", "그만해~" 하고 싫어하면서도, 매주 같은 일을 반복한 걸 보면 간지럼 타는 것을 좋아했던 것 같다.

그리고 둘이서 한바탕 웃은 뒤 함께 니치아사를 보는 것이다. 이상했던 과거의 습관을 그리운 듯이 떠올리고는, 따뜻한 기분에 사로잡혔다. 웃음을 참은 나는 시오리에게 기억하느냐고 물었다.

"왜, 어렸을 때. 시오리가 매주 내 이불에──."

거기까지 말하고, 갑자기 말이 없어진 시오리 쪽을 바라보니 목까지 빨갛게 익어 있었다.

본인도 선명하게 기억하고 있었나 보다. 눈이 엄청 굴러다니고 있다.

"……네, 네에."

시오리는 기어 들어가는 목소리로 수긍했다.

몇 초간의 침묵. 야광 파자마 광고 소리와 이불을 두드리는 일정한 리듬이 어색한 침묵을 메워주지는 않았다. 어쩐지 민망한 분위기였다. 추억 이야기로 꽃을 피우려고 했는데, 이제 어쩌지.

그러고 보니 오늘 아침은 아직 둘 다 양말을 신지 않은 상태다. 나는 별다른 이유 없이 시오리의 발 쪽을 바라보았다.

작고 가지런한 발톱을 가진, 하얗고 깨끗한 발이었다.

우연히 그 발이 이쪽을 향하고 있었다.

그러니까 그, 저, 마가 씌었다고 할지.

추억을 재현하고 싶었다고 할지.

그래, 왜냐면 그땐 서로 웃고 있었고, 기뻐하고 있었으니까. 본가의 어머니가 딱 한 번 "좋아"라고 말한 음식을 고향에 내려갈 때마다 만들어 놓는 느낌이다. 서먹서먹한 느낌, 멋쩍은 느낌을 이번에는 웃음으로 떨쳐냈으면 좋겠다고 생각했다.

나는 시오리의 발바닥에 슬쩍 손가락을 가져가서, 간지럽혔다.

"앗, 아니, 음, 훗……."

시오리는 입을 꾹 누른 채 웃음을 참고 있다.

좀 더 세게 나가 볼까.

"핫, 하루, 후미, 씨…… 웃, 잠, 아앗!"

시오리는 근육통에 시달리는 다리를 움찔거리며 소파에서 몸

부림쳤다.

"응, 하." "안⋯⋯." "그만." "아앗."

그렇게 헐떡거리는 소리가 한숨처럼 새어 나왔다.

뭔가 생각보다 센서티브한 느낌이 된 것 같은데.

의도한 것은 아니었다. 이건 진심이다.

그 증거로 저지른 쪽도 "앗" 하는 상태가 됐다. "이건 위험하다"라고. 어른이 된 뒤엔 해서는 안 될 짓이었어. 너무 늦게 눈치챈 감이 있다만.

──퍽 퍽!

하고 이불을 강하게 내려치는 소리.

나는 손을 멈추고 오싹한 기운에 몸을 떨었다. 오늘은 굉장히 좋은 날씨였을 텐데, 어쩐지 베란다 쪽이 어두워진 기분이 들었다. 먹구름이 드리워진 느낌이랄까.

영화라면 우르릉, 하면서 천둥이 울리는 장면이다.

아니, 그런 연출은 너무 저렴한가. 지나치게 올드하다.

더 멋있는 장면을 생각해 보자.

그런 식으로 현실 도피를 하고 있었지만, 뒤돌아보지 않을 수도 없었기에 쭈뼛거리며 베란다 쪽으로 고개를 돌렸다. 번개를 본 것도 같다.

"하~루우~씨이?"

이불털이를 손에 쥔 아야노가, 째릿, 살벌한 눈빛으로 이쪽을 노려보고 있었다.

○

아야노에게 질책을 듣고, 니치아사도 다 본 후의 이야기. 이불을 다 말린 아야노가 안으로 돌아왔다. 그리고 시오리가 앉아 있는 소파 옆자리에 앉았다. 참고로 나는 소파에 앉지 못하고, 정좌를 하고 있었다. 근육통의 다리에는 그나마 참을만한 자세였다.

아야노는 TV 채널을 돌리더니, 예능 프로그램의 재방송에서 멈췄다.

"그러고 보니, 시이도 무슨 레인저인가 하는 거 좋아해?"

"네…… 저, 가끔 보는 정도지만요."

어제 나카노에서도 꽤 여러 가지 봤었지? 애니라든가."

"네, 네에……."

"시이는, 오타쿠야?"

"그러니까……."

"뭐, 요즘 세상에선 흔하지 않아? 애니 보는 것 정도는."

나는 그 옆에서 대화에 끼어들었다.

솔직히, 『주간 소년 점프』를 원작으로 한 영화가 흥행 수입 순위 1위를 차지하는 시대다.

이미 애니메이션을 『서브』컬처라고 부르는 것 자체가 위화감이 느껴질 정도다.

지금의 현상을 비추어 봤을 때, 애니메이션을 보는 것만으로 오타쿠라고 한다면 일본은 1억 오타쿠 시대가 되었다고 해도 과언이 아닐 것이다.

이제 오타쿠는 속성을 의미하는 말치고는 내포하는 범위가 너무 넓어졌다.

오타쿠라는 말속에는 친구들과 원만하게 어울리기 위해 유행하는 드라마나 애니를 가볍게 즐기는 층부터, 평범한 인생에 적응하지 못하고 홀로 고독을 씹으며 작품을 통해 구원받아 간신히 인간의 삶을 유지하는 층까지 모두 포함되어 있으니 말이다. 이제 "오타쿠"라는 것은 아이덴티티나 카테고리로 보기 힘든 상황까지 온 게 아닐까.

"──라고 나는 생각한다."

"하루 씨, 갑자기 말이 빨라지네."

"뭐, 하고 싶은 말은 단순해. 모두가 오타쿠화된 지금도 『오타쿠』라는 말에는 어딘가 떳떳하지 못한 울림이 있으니까. 그렇게 가볍게 『오타쿠입니까?』라고 묻지 않는 게 좋겠다는 거야. 사람에 따라 상처를 받을 수도 있고."

"오타쿠라는 건 원래 나쁜 게 아니잖아? 뭔가 자학적이라고 할까, 이상하게 비굴해지는 사람들이 있던데, 뭐가 문제인 거야?"

"오타쿠에게 상냥한 갸루인가."

"아니, 딱히 뭔가 좋아한다는 것만으로 냉정하게 대할 이유도 없잖아."

"아야노 양은…… 착하네요."

"엇, 뭐야? 왜 내가 칭찬받고 있는 거지?"

"아야노, 넌 그저 지금 이대로만 자라다오."

"엇, 진짜 뭔데?"

"나보다 위의 세대가, 여러모로 불우한 시대를 보내는 것 같으니까. 지금도 관습이라고 할까, 그런 문화가 계승되고 있는 거야. 규제니 뭐니 하면서 방심하면 또 악화되는 문제기도 하고."

아야노는 "흐음" 하며, 전해진 것인지 전해지지 않은 것인지 모를 태도로 고개를 끄덕였다.

개인적으로는 오히려 이렇게까지 애니적인 것들, 만화적인 것들이 넘쳐나는 현대에 그런 것들을 접해 보지 않은 아야노 쪽이 요즘 시대치고는 드문 것 같았다.

그런 아야노도 만화나 애니메이션에 조금 관심을 갖게 된 걸까. 나카노 브로드웨이에서 보고 컬처 쇼크를 받은 것일지도 모른다. 아야노가 시오리에게 물었다.

"시이는 그거 안 해?"

"그거, 라는 건……."

"애니메이션 캐릭터 모습이라던가."

"코, 코스프레는…… 그, 거의 안, 해요."

시오리가 부끄러운 듯 고개를 숙이며 말했다.

그러고 보니 나카노 브로드웨이에서도 아야노와 함께 코스프레 계열의 상점을 잠깐 둘러봤었지. 일반 옷과 만드는 법도 다르고 묘하게 노출도 많아서 아야노가 의외로 흥미를 보였다.

아야노는 시오리의 대답을 듣고 "호오" 하며 눈을 빛냈다.

"거의 안 했다는 건, 해본 적은 있다는 거구나?"

"저, 그…… 저희 동아리에서…… 조금……."

"시오리 동아리라면 현대 게임 동아리?"

"그…… 모ㅇ테츠*에서 최하위를 한 사람한테, 벌칙으로…….”

"모ㅇ테츠?"

"술래잡기랑 주사위 게임을 합쳐놓은 것 같은 게임이야."

일본 옛날이야기의 대표격인 주인공**과 철도를 조합한 이름의 게임이다.

주사위와 일본 지도를 사용한 놀이 형식으로, 가난신을 서로 떠넘기면서 정해진 턴 수로 자산을 가장 많이 늘린 플레이어가 승리하는 심플한 게임이다. 이건 내 개인적인 생각이고 편견이지만, 성격 나쁜 플레이를 한 인간이 이긴다.

내 설명을 듣고 아야노의 흥미는 다시 시오리의 코스프레로 되돌아왔다.

"흐음, 아, 코스프레했을 때 사진, 사진 같은 거 없어?!"

"저기…… 스마트폰에…… 네코가 찍어준 게…….”

"그 두 사람이랑 모ㅇ테츠를 했었어?"

"……네. 그, 타카코 선배가 너무 강해서…… 아, 여기 있어요."

"보여줘, 보여줘~."

시오리는 자신의 스마트폰을 아야노에게 건네주었다.

아야노는 화면을 바라보며 "에로……"라고 중얼거렸다.

나는 정좌 상태로 움찔했다. 무심코 시오리 쪽을 바라보았다. 시오리는 "앗, 야한 캐릭터가 아니에요! 그…… 그, 유명한 RPG……"라며 허둥지둥 변명했다.

아야노는 그 말을 듣고 다시 한번 화면을 응시했다.

*모모테츠. 일본의 유명한 국민 게임.
**모모타로. 일본 전설에 나오는 유명한 주인공.

"아니, 이건 야해." "야한 거야." "성적 콘텐츠."

그리고 딱 잘라 단언했다.

거기까지 들으니 나도 역시 신경이 쓰였다. 물론 순수한 지적 호기심이다. 십 대 여고생이 성적이라고 느낄 만한 의복의 면적에 대해 학술적인 흥미가 있을 뿐, 시오리를 성적 콘텐츠로 소비할 의도는 전혀 없다는 것을 분명히 밝혀두고 싶다.

폴리티컬 코렉트니스.

소중하게 대할 것이다.

나는 정좌한 채 목을 뻗어 스마트폰을 들여다보려고 했으나, 아야노가 휙 등을 돌려 숨겨버렸다. 아야노는 우히히, 하고 짓궂은 웃음을 지었다. 아쉬운 대로 시오리에게 물어보았다.

"무슨 캐릭터 코스프레야?"

"저기…… 파이널 어쩌고 하는, 리메이크도 나왔던…….."

"하루 씨, 배꼽이 보이는 미니스커트야. 멜빵도 메고 있고."

"아아, 파이널 어쩌고 7*인가."

테팔인가, 티파니인가 하는 느낌의 이름을 가진 국민적 RPG 넘버링 타이틀의 히로인이다.

아야노의 말대로 배꼽티 길이의 상의와 미니스커트를 입은 채 접근전을 하는 여성 캐릭터로, 유저를 위한 서비스 노출이 많은 디자인이었다. 시오리가 했다면 가슴 쪽의 재현도…… 가 아니라 경이로운 재현도일 거라는 생각이 들었다.

"왜 그 캐릭터였어?"

*파이널 판타지 7의 등장인물 티파 록하트.

"그, 그…… 모○테츠에서 1등을 했던 타카코 선배의 취미로…… 저기, 타카코 선배는, 코스프레도 하고 있어서……."

"그 선배, 그런 속성까지 갖고 있었던 건가."

나카노를 배회하고 있었으니 오타쿠 취미라고 생각하긴 했지만.

우리 시오리에게 이 무슨 괘씸한 짓을.

아야노는 시오리의 스마트폰을 등 뒤에 숨긴 채 스르륵 내 옆으로 다가왔다. 그러더니 스마트폰의 화면을 손으로 가리고, 장난스럽게 히죽 웃으며 물었다.

"하루 씨, 보고 싶어?"

"엄청 보고 싶어."

"……하, 하루후미 씨?"

"물론 어디까지나 학술적인 흥미의 범주에서 지적 호기심에 사로잡혔을 뿐이야."

"하루 씨 변명한다~, 시이의 야한 모습을 보고 싶은 것뿐이면서~."

"아냐, 나는 야하지 않아."

아야노는 나의 순수한 학술적 흥미에 트집을 잡아 왔다.

어쩔 수 없다. 나는 아야노에게 시선으로 호소했다.

"아야노 잘 봐라. 이 학도의 눈이 성적인 것을 생각하고 있는 것처럼 보이냐?"

"방금 전에 동거하고 있는 여자를 헐떡이게 했으면서."

2초 만에 무너지고 말았다. 변명할 거리조차 없다.

시오리는 "허, 헐떡인 건 아닌데……"라며 반론해 왔지만, 아야노가 양손으로 간지럼을 태우자 이쪽도 순식간에 무너지고 말았다.

결국 시오리의 코스프레 사진을 보지 못한 나는 떨떠름한 기분으로 담당 가사인 욕실&화장실 청소를 시작하기로 했다.

가사 분담은 기본적으로 "요리 · 세탁=시오리" "침실 · 쓰레기 배출=아야노" "거실 · 물 쓰는 곳=나"로 되어 있었다. 추가로 해야 할 것이 있으면 저녁 시간에 이야기를 나누고 있었다. 훌륭한 합의제다.

내가 근육통에 걸린 몸을 혹사해 간신히 목욕 청소를 끝냈을 때의 일이었다.

──삐롱.

주머니에 넣어둔 핸드폰이 울렸다.

통판 사이트의 추천 상품 메일일 거라 생각하면서, 화장실로 이동하며 스마트폰을 꺼냈다. 화장실 안에서 메시지를 확인하고 "꿀꺽" 하고 침을 삼켰다.

『여기요』

그런 한 문장만 더해진 메시지. 발신인은 거실에 있는 시오리였다.

긴장된 손가락으로 스마트폰의 잠금을 해제했다.

메시지 안에는 사진이 첨부되어 있었다.

사진 속의 시오리는 긴 머리를 등 뒤로 넘긴, 바로 그 배꼽이 보이는 미니스커트룩을 하고 있었다.

완벽한 티○였다. 의상도 소품도 퀼리티가 높아서 그런지, 애니메이션 캐릭터와 비교해도 손색이 없을 유려한 스타일이 코스프레로 승화되었다.

"엄청, 귀여워."

평소엔 롱스커트를 입는 경우가 많은 시오리는 이렇게 몸의 라인, 특히나 다리를 드러내는 일 자체가 드문 데다, 그와 반대로 수줍어하는 모습이 배덕적인 느낌을 완성해내고 있었다. 민소매라 항상 드러나지 않던 어깨가 보이는 것도 좋았다. 무엇보다 사이즈감이 굉장하다.

솔직히 꽤 야한 것 같다.

카메라 앵글과 구도도 적절해서 시오리의 장점을 한층 부각시켰다.

간만에 가슴이 아플 정도의 압도적인 귀여움이었다.

인간은 허용량을 초과한 귀여움을 겪으면 긴장을 해서 호흡이 어려워진다. 폐나 심장이 부여잡히는 듯한 이미지다. 그것을 무심코 첫눈에 반한 것이라고 오해하는 사람도 있고, 과거의 오타쿠는 이런 것에 『모에』라는 호칭을 붙이기도 했다.

나는 심호흡을 하며 심장의 두근거림을 진정시킨 후, 화장실에서 얼굴을 슬쩍 내밀었다.

순간 시오리와 눈이 마주쳐서 서로 시선을 돌려버렸다.

다시 화장실로 돌아와, 한 번 더 심호흡을 한 후 사진을 확실하게 저장해 두었다.

일단 『감사합니다』라는 답신을 보내니, 식당에서 쿡쿡 웃는 소리가 들려왔다. 『비밀이에요』라는 메시지가 돌아와 나는 『알겠습니다』라는 스티커를 보냈다. 시오리에게서도 스티커가 돌아왔다.

한 지붕 아래 있으면서 서로 메시지를 주고받는 이 상황이, 조금 즐겁게 느껴졌다.

『굉장히 잘 어울렸습니다. 귀여웠어요』

『감사합니다』

『사진도 잘 찍었네요. 고양이 씨인가요?』

『고양이요? 아아, 네코 말이죠. 네, 맞아요』

『스마트폰 카메라?』

『디카예요. 일안 카메라』

『구도가 잘 잡혔던데, 그런 거였군요』

『모두들, 대단하신 분들이에요』

화장실 문 너머로 후후, 하고 웃는 소리가 들린 것 같았다.

그리고 나서 한동안 나는 시오리와 몇 건의 메시지를 서로 교환하였고, "하루 씨, 화장실 아직 쓰면 안 돼~?"라는 아야노의 말에 크게 허둥대며 청소를 끝냈다.

○

"뭔가 화장실 청소하는데 시간이 너무 오래 걸린 거 아냐?"

"그랬나?"

아야노는 화장실에서 나오자마자 소파에 있던 내게 말했다.

나는 읽고 있던 책을 한 손에 들고 딴청을 피웠다.

216 역 도보 7분 1DK, JD, JK 포함.

참고로 시오리는 컴퓨터로 자료 조사를 하고 있었다.

쓰고 있는 것은 내 노트북이었다.

방을 구하는 데도 편리할 것 같아서 전부터 자유롭게 쓰라고 했던 것이다. 시오리는 코스프레 사진 같은 건 보내지 않은 사람처럼 컴퓨터 조작에 몰두하고 있…… 는 것처럼 보였지만, 귀가 붉어져 있었고 필사적으로 속이고 있다는 것이 눈에 보였다.

나도 아무 일도 없었던 것처럼 행동하기로 했다. 아무렇지도 않게 페이지를 넘기는데…… 책이 거꾸로 되어 있었다. 눈치 빠른 아야노가 눈을 가늘게 떠 보이며 물었다.

"둘 다 뭔가 어색하지 않아?"

"그, 근육통이 심해서. 아야야……."

"아, 맞아요……. 저도 그, 관절이. 아야야……."

"정말로오~?"

아야노는 굉장히 수상해하고 있었지만, 나와 시오리의 박진감 넘치는 연기로 어떻게든 무마했다. 아야노는 포기한 것인지 털썩, 내 옆에 앉아 커다란 상어 인형을 껴안았다. 요즘은 아야노보단 내게 안겨 있는 시간이 더 많은 상어 군이다.

책을 읽고 있는데, 옆에 앉은 아야노가 "저기" 하면서 상어 군을 밀어붙이며 다가왔다.

나는 상어 군의 말랑한 코끝을 밀어내며 "뭐야" 하고 물었다.

"아르바이트 하고 싶어."

"뭐? 갑자기 왜?"

나는 책에서 시선을 들었다.

시오리도 어느새 움직이던 손을 멈추고 아야노에게 시선을 향하고 있었다.

　아야노는 두 사람분의 시선을 받은 채, 조금 머뭇거리며 말을 이어갔다.

　"어, 어제, 나카노에서 구인하는 거 봤거든."

　"식비 같은 거라면 신경 쓸 필요 없어. 혼자 살았을 땐 오히려 외식비용으로 더 많이 나갔었고."

　"아아, 응. 아니, 그것도 신경 쓰이긴 한데."

　"……하지만, 그것만은, 아닌 거죠?"

　"그, 더 이것저것 알아보고 싶어서."

　아야노는 진지한 이야기가 어색한 것인지 슬그머니 눈을 피했다.

　그럼에도 신중하게 말을 골라, 확실하게 자신의 생각을 전하려 하고 있었다.

　"시이도 그렇고 하루 씨도 그렇고, 자기가 좋아하는 걸 하고 있잖아? 그게 어쩐지 좋아 보여서. 아까 그 TV 같은 것도 그렇고. 나도, 그런 걸 찾고 싶어서. 어쩐지 거기라면 알 수 있을까 싶었거든."

　"그래서, 나카노에서 아르바이트를 하고 싶다고?"

　"응. 그런 거야. 안 될까?"

　의외의 반응이었다.

　확실히 나카노는 취미인들의 거리라고 할까, 어쩐지 재미있는 에너지를 품은 곳이었다.

아야노가 먼저 도전할 마음이 생겼으니 말릴 이유는 전혀 없다.

위험하거나 이상한 일에 말릴 것 같으면 참견을 하겠지만, 새로운 일을 시작하는 것은 솔직하게 응원해주고 싶었다.

"괜찮지 않아? 일단 도전해 봐."

"어, 정말?"

"아, 그런데 잠깐."

나는 그렇게 말하며 잠시 대화를 멈추고 한 가지를 확인했다.

"고등학생의 본분은 어떻게 되고 있어?"

"고등학생의 본분? 앗, 부활동?"

"공부 말야, 공부."

내가 그렇게 말하자 아야노가 "아아~" 하고 중얼거리며 먼 곳을 바라보았다. 역시나.

아야노를 데려온 3주 동안, 나는 아야노가 집에서 공부하는 모습을 한 번도 보지 못했다.

5월도 하순에 접어든 지금이라면 내 기억으로는 중간고사 결과가 나올 정도의 시기였다.

정기시험의 시기는 학교마다 비슷하고, 3학기제를 채용하는 이상 크게 차이가 나지 않을 것이다. 있다고 해도 1~2주 정도의 차이일 터.

"학기 중간고사 같은 건 없었어?"

"있었어."

"시험 결과 같은 건 안 나왔어?"

"……아야노 양?"

아야노는 "있었어"라고 웃는 얼굴로 말한 후, 그 얼굴 그대로 굳어 있다.

"아야노, 결과를 좀 볼 수 있을까?"

"——안 보면 안 돼?"

"제4회, 타니가와가 가족회의를 개최한다."

"아…… 1회부터 3회는 언제……?"

"의장인 내가, 아야노에게 시험지 제출을 요구하는 바입니다."

"앗…… 네. 낼게요, 낼게."

아야노는 무거운 발걸음으로 침실로 향하더니 학교 가방을 들고 돌아왔다. 그리고 가방 지퍼를 열고 부스럭거리며 안을 뒤적이고는 5과목의 시험지를 꺼내 탁자 위에 올려두었다.

아야노는 이제 자발적으로 정좌를 하고 있다.

나는 탁자 위에 늘어선 중간고사 결과를 바라보며 물었다.

"여기서 낙제점이 몇 개야?"

"아마, 전…… 전부, 정도?"

"그렇군."

"저기, 화났어?"

"아니, 화나지 않았고, 딱히 놀란 것도 아냐."

"그건, 그, 기, 기대를 안 하니까?"

"무슨 소리야. 사정을 알고 있으니까다."

아야노는 최근까지 심야 배회 후 학교에서 잠을 잔다는 파멸적인 생활을 하고 있었다.

수업 예습이니 복습이니, 그런 걸 따질 수준이 아니었다.

수업 자체를 제대로 받질 못했으니 시험 결과에 비가 내리는 것은 당연한 귀결이었다. 어쩔 수 없었다는 것이 나의 솔직한 감상이었다.

낙제점을 받은 것은 어쩔 수 없다. 중요한 것은 이다음 어떻게 하느냐다.

"이러면 보통 추가 시험이나 보충이 있지 않나?"

"아, 선생님이 말했던 것 같아. 추가 시험 있다~ 라고."

"아르바이트 전에, 우선 추가 시험을 위한 공부가 먼저겠네."

"근데 나, 이미 늦은 거 아냐? 그, 항상 자고 있으니까, 이제 와서 붙을 것 같진 않은데. 이렇게 된 거 차라리 일을 하는 쪽이——."

"공부는, 언제 시작해도 늦지 않아."

나는 그렇게 단언했다. 아야노는 "그래도……"라며 엉거주춤한 자세를 하고 있었다.

시오리가 "저기"라며 조심스레 손을 들어 보였다.

"고등학교 내용이라면…… 저도, 알려줄 수 있을 것 같은데."

"아으."

"우선 모든 추가 시험 합격을 목표로 하는 게 어때? 아르바이트는 그때 하더라도."

"히익."

아야노는 절망적인 얼굴을 하고 있었다. 그렇게 공부에 자신이 없는 건가? 아니, 눈앞에 새빨간 채점지가 늘어서 있다면 자신감을 가지라고 하는 게 더 가혹할지도 모른다.

나는 잠시 생각했다.

어떻게 하면 의욕이 생길까.

보통 공부를 시킬 때 『보상』을 사용하는 것은 좋지 않다고 한다.

공부의 동기=보상이 되면 자율적으로 공부를 할 수 없게 되기 때문이다.

하지만, 아야노의 모티베이션은 이미 떨어져 버렸다. "나는 할 수 없다"라고 하는 무력감이 학습에 대한 의욕을 꺾고 있었다.

다소 억지스럽더라도 계기가 필요했다.

나는 탁자에 놓인 시험지를 정리하며, 잔뜩 우울해진 아야노를 향해 말했다.

"좋아, 추가 시험에 합격하면, 뭔가 보상을 해줄게."

"보상이라니?"

"뭐 먹고 싶은 거나, 하고 싶은 거?"

"고기 같은 것도?"

"알았어. 좋은 곳을 예약해 두지."

"그리고, 시이랑 같이 옷 사러 가고 싶어."

"네, 같이 가요……."

"저기, 그럼, 그, 두 사람은 내가 공부를 열심히 하면 기뻐?"

나와 시오리는 얼굴을 마주 보았다.

둘이서 함께 고개를 끄덕이자, 아야노는 상어 군을 끌어안은 채 "그럼, 노력해 볼게"라고 말했다.

제10화 ○ 타니가와가 배스타임

아야노의 추가 시험은 화요일부터 금요일까지, 일별로 나눠서 각 교과목의 시험이 진행된다. 월요일은 직원회의가 있어서 추가 시험은 쉰다고 했다.

점심을 먹고 난 일요일 오후.

시오리와 아야노는 곧바로 추가 시험을 향한 공부 계획을 짜고 있었다. 주 전반에는 수학이나 물리 같은 자연계 과목이, 후반에 는 세계사나 일본사, 영어, 한문·고문(古文)이 기다리고 있다고 했다.

시오리는 중간고사 문제를 보며 물었다.

"추가 시험에서…… 합격점을 받지 못하면 어떻게 되나요……?"

"재추가 시험 아닐까? 아마 합격점이 나올 때까지."

"내용은…… 그때마다 다른가요?"

"선생님 하기 나름이겠지만, 크게 다르진 않은 것 같아."

중간고사가 끝난 지 얼마 되지도 않았으니, 문제는 크게 다르 지 않을 거란 얘기였다. 선생님들도 단시간에 문제를 바꾸기는 힘들 것이다.

그렇다면 최악의 경우 답을 벼락치기로 암기하면 극복할 수 있 지 않을까.

하지만 임시변통의 공부법은 기말고사에서 다시 그 전철을 밟 게 된다.

"나는 애초에 공부 방법 같은 거 모르는데."

"고입 때는 어떻게 했어?"

"어떻게 했더라? 모, 모르겠어."

"특별 자습을 안 했다는 건, 수업에서 들은 만큼은 어느 정도 할 수 있었다는 건가."

"으음~. 아마?"

"우선, 시험에서 틀린 부분부터…… 볼까요?"

"앗, 네~"

시오리와 아야노는 중간고사 시험의 문제지와 답안용지를 비교했다.

시오리는 하나씩 차근차근 확인해 나갔다. 애초에 그녀 자신이 타인에게 재촉당하는 것을 싫어하기 때문인지, 가르치는 방법도 상대의 페이스에 맞춰 정중하게 진행하고 있었다.

"시이, 이건 어떻게 풀어?"

"덧셈정리 공식은…… 기억하나요?"

"어…… 뭐였더라."

"피었다 코스모스, 코스모스 피었다*."

"하루 씨, 갑자기 무슨 말이야?"

"암기법이야, 암기법. 덧셈정리는 삼각함수의 기초다. 그『이 인간 갑자기 이상한 말 하고 있네』 같은 얼굴 하지 마."

가법정리——『$\sin(\alpha+\beta)=\sin\alpha\cos\beta+\cos\alpha\sin\beta$』를 외우는 방법이었다.

---

*일본어로 咲いた(사이타)는 '피었다'라는 뜻.

이 사인과 코사인의 순서가 『피었다 코스모스, 코스모스 피었다』이다.

"앗, 그렇구나. 흐음, 튤립이 피었다?"

"저…… 코스모스요."

"튤립이면 동요가 되겠군*."

빨강 하양 예쁜 꽃? 피어버린 거냐, 튤립?

"흠흠, 아, 알겠다."

"……정답이에요. 아야노 양, 이해가 빠르네요."

"앗, 정말?"

조금 수상한 부분은 있지만, 아야노는 공부의 이해도 자체는 나쁘지 않았다. 푸는 방법만 알면 수학과 물리 문제는 비교적 잘하는 것 같았다.

기본적으로 수업을 듣기만 하면 어느 정도 해내는 스타일인 것이다.

다만 공식 외에 연호 같은 암기에는 서툴렀다. 일본사나 세계사 답안용지는 다른 과목에 비해서도 좋지 않다. 영어 단어도 철자를 많이 틀렸다.

"아, 교과서네. 봐도 될까?"

"괜찮긴 한데, 하루 씨가 읽으려고?"

"읽을 건데?"

나는 시오리와 아야노의 추가 시험 대책을 슬쩍슬쩍 보면서 아야노의 교과서를 팔랑팔랑 넘겼다. 교과서 종류는 어른이 되고

*일본 동요 중 튤립이라는 제목의 노래가 있다. 가사는 여러 색의 튤립이 피었다는 내용.

나서 읽으면 의외로 재미있는 부분이 많다. 학교에서 채택되는 교과서는 문장도 평이하고 내용의 정확성도 높았다.

교과서를 탐독하는 나를 보고 아야노는 외계인의 문화를 접한 것 같은 얼굴을 하고 있다.

"교과서인데? 전혀 재미없는데?"

"견해차네. 나는 재미있어."

그렇게 말하면서 나는 일본사 교과서를 계속 넘겼다.

최근 보는 대하드라마 시대와 근접한 부분을 읽으며 그 앞에 일어날 전개를 예습 겸 탐독하고 있는데, 아야노도 공부에 집중하기 시작한 것 같다. 1DK인 우리 집에 사각사각 펜 소리가 울리며 기분 좋은 고요가 내려앉았다. 이따금 시오리의 조심스러운 해설이 섞여들고, 해가 기울어 가는 것을 보던 나는 자리에서 일어나 커피를 탔다.

"오늘은…… 여기까지 할까요. 한 번에 무리하는 것도, 좋지 않으니까요."

"으, 응."

"저는…… 저녁 준비할게요……."

시오리가 자리에서 일어나자 아야노는 탁자 위에 엎어졌다.

나는 교과서를 덮고 오늘 진행 상황을 살펴봤다.

수학과 물리는 아슬아슬하게 낙제점은 면할 수 있는 선인 것 같았다. 문제는 역시 암기과목인가. 영어나 고문도 단어나 문법이 꽤 위태롭다.

"아아~, 오랜만에 머리 엄청 썼어어어어."

"수고했어. 커피 한잔할래?"

"우유 마실래. 따뜻한 거."

아야노는 그렇게 말하며 상어 군 위로 쓰러지더니, 그 상태로 다리를 버둥버둥 흔들었다. 나는 우유를 전자레인지에 데워 "자" 하고 아야노에게 내밀었다.

아야노는 "고마워"라며 받아 들고는 소파 위에 무릎을 세우고 앉았다.

그리고 한 모금 마시며 "맛있다……"라고 중얼거리고는 우유가 든 컵을 탁자에 놓았다. 아야노는 앉은 자세 그대로 발끝을 오므렸다 피기를 반복했다. 잠시 상황을 지켜보니, 좀 풀이 죽은 것 같았다. 저녁 준비를 하던 시오리는 "부족한 재료, 사 올게요"라며 에코백을 들고 밖으로 나갔다.

나는 완전히 식은 커피를 다 마시고, "왜 그래?"라며 아야노에게 물었다.

아야노는 바깥의 해 질 녘 풍경을 보면서 나직이 중얼거렸다.

"나는 글러 먹었구나~ 하고 우울해하는 중. 하아……."

"수직 낙하했네. 그렇게 우울해질 타이밍이 있었나?"

"시이는 공부도 잘하고, 요리도 잘하고, 가슴도 크고, 게임도 잘하고, 귀엽고, 배려심 많고, 가슴도 크잖아?"

"가슴의 비중이 큰 것 같은데. 인간의 매력은 가슴의 크기로 결정되는 게 아냐."

"하지만 하루 씨도 큰 게 좋잖아?"

"굳이 큰 게 좋다고 한 기억은 없다만."

물론 큰 가슴을 굳이 싫어하는 것도 아니다.

아야노는 자신의 무릎에 얼굴을 묻고는 주눅이 든 채 말을 이었다.

"이렇게까지 신세를 졌는데, 만약 실패하면 정말 글러 먹은 거야……."

"아니, 그럴 리가 없잖아."

"하지만, 공부도 못하고, 요리도 그렇고…… 취미도 없고."

"세련되고 센스 있고 내 머리도 잘 잘라줬어. 어른을 상대로도 명확하게 말할 수 있고, 운동 신경도 좋지. 달리기 때 시오리를 잘 챙겨서 대단하다고 생각했어. 스트레칭 설명도 잘해줬고, 이유를 물었을 때 바로 대답할 수 있다는 건 머리가 좋다는 증거야. 웃는 얼굴이 시원스러워서 보고 있으면 힘이 나. 아이들과 사이 좋게 지낼 수 있는 것도 멋지다고 생각하고, 남의 이야기를 즐겁게 들어줄 수 있는 것도 장점이지. 같이 있으면 익숙한 곳에서도 새로운 발견을 하게 되고, 게다가 귀여움이라면 시오리 못지않을 텐데. 이렇게나 칭찬할 게 많은데, 도대체 어디가 글러 먹었다는 거야."

"갑자기 말이 빨라졌어. 하루 씨."

"좋아하는 것에 한해서는 그렇게 된다고."

"흐흠, 그럼, 그, 나도…… 좋아해?"

"감독이 횡포 부리는 메이킹 필름이라든지, 재미있지만 비정상적으로 졸음이 오는 벤더스의 영화라든지, 술술 읽을 수 있는 평이한 문장이라든지, 나카노의 뒤죽박죽한 분위기라든지. 뭐 그런 것들과 비슷한 정도로는."

"에엥, 비교 대상이 그거야~?"

"알고 있는 비교 대상이 그 정도뿐이다."

"하아…… 하루 씨는 글러 먹은 어른이야……."

"이렇게 되고 싶지 않으면 제대로 반면교사로 삼아."

내가 못된 어른 같은 얼굴로 말하자 아야노가 어이없다는 듯이 웃어 보였다.

"……저기, 하루 씨."

"음?"

"고마워. 열심히 할게, 나."

아야노는 그렇게 말하고 다시 편하게 앉아서는, "힘내자~"라며 긴 손발을 뻗었다. 나는 왠지 모르게 그 머리를 쓰다듬어 주고 싶어졌지만, 최근 델리커시를 염두에 두고 있기 때문에 상어 군의 머리를 쓰다듬는 것으로 충동을 발산했다.

그 후에 "아니, 이럴 땐 이쪽이잖아!"라며 아야노에게 박치기를 당했지만.

○

일요일 이후, 아야노는 정말 열심히 했다.

월요일, 내가 회사에서 돌아오자 아야노는 탁자에 앉아 중간고사 문제를 다시 풀고 있었고, 화요일도 돌아온 나에게 문제를 내

달라고 졸라댔다.

나도 퀴즈를 내는 느낌으로 아야노의 공부에 어울려 주고 있었다. "첫 번째 문제! 330년 동로마제국의 행정수도로 건설된 도시는?" 같은 느낌으로.

정답은 콘스탄티노플이다.

화요일 오후 11시, 나는 유명한 참고서인 『야마카와 일문일답』을 한 손에 들고 아야노에게 물었다.

"그러고 보니 추가 시험 결과는 언제 나오지?"

"선생님 나름이지만, 다음날이나, 빠르면 그날 안으로. 후암~."

"슬슬 자는 게 좋겠다. 수업 중에 자면 본말전도니까."

"응, 그럴게……."

"이는 닦았어?"

"목욕하고 바로. 잘 자아……."

아야노는 졸린 듯이 하품을 하고는 침실로 들어갔다.

아야노는 추가 시험을 대비한 공부로 약간의 피곤 모드가 되어 있었다. 그렇다고 해도 내가 할 수 있는 일은 그리 많지 않다. 기껏해야 아야노의 숙면을 방해하지 않도록 취침 후엔 가능한 한 조용하게 보내는 것 정도였다.

"아야노 양…… 열심히 하고 있네요……."

아야노가 잠든 후, 시오리가 불이 꺼진 침실을 돌아보았다.

아야노의 공부를 봐주고 있는 것은 기본적으로 시오리였다. 나는 퇴근이 늦기 때문에 별로 도와주지 못했다. 뭐, 내가 공부를 잘 가르칠 수 있을지 어떨지도 의문이고.

"아, 항상 미안해. 이래저래 맡기기만 하네."

"전 재밌어요. 그, 동생이 생긴 것 같아서……."

시오리는 그렇게 말하며 소파 옆에 앉았다.

나는 침실로 이어지는 활짝 열린 문을 보았다. 혼자가 무서운 아야노를 위해서 시오리와 잘 때 이외엔 열어두고 있었다. 아야노도 시오리에게는 혼자 잠들지 못한다는 말을 해둔 것 같다.

"나도 뭔가 힘이 되어줄 수 있다면 좋았을 텐데."

"하루후미 씨는…… 이미 충분히 아야노에게 힘이 된다고 생각해요."

"내가 한 거라고는 잠자리를 빌려준 정도지."

내가 그렇게 말하자 시오리는 "그렇지 않아요"라며 웃었다.

"아야노 양이…… 그렇게 말했어요. 노력하면…… 하루후미 씨가, 제대로 알아줄 거라고. 그래서 더 열심히 한다고요……."

"음, 저기, 그래. 뭐랄까, 그렇군."

"혹시…… 부끄러우신가요?"

"여기서만 하는 말이지만…… 조금."

시오리가 슬쩍 그렇게 물었고, 나도 슬쩍 대답했다.

시오리는 쿡쿡거리며 소리 죽여 웃었다. 그리고 작고 귀엽게 하품을 했다. 아야노의 공부를 봐주고 있어서 그런지 시오리도 평소보다 졸려 보였다.

"저도 오늘은 이만 쉴게요."

"나도 목욕하고 바로 잘 거야."

"네, 그럼 안녕히 주무세요……."

시오리는 침실로 들어가면서 작게 인사하고는 조용히 문을 닫았다.

나는 목욕물을 다시 데우면서 목욕 준비를 했다. 갈아입을 옷을 챙겨 탈의실에 들어가 옷을 벗는데 문득 한 가지 아이디어가 떠올랐다.

나는 집을 고를 때 욕실과 화장실에 까다로운 타입이다. 기본적으로 욕조에 몸을 담그지 않으면 피로가 풀리지 않기 때문이었다.

목욕탕에 다니는 것도 나쁘진 않지만, 바쁠 때는 역시 집에서 쉬고 싶다. 그리고 전에, 어떤 시제품을 받았을 당시 피로가 금세 풀렸던 것을 기억했다.

그건 분명 업무가 아수라장이 되어 있었을 때의 일이다.

선배 사원에게 "목욕할 때 사용해"라며 받은 것이었다.

"어, 이름이 뭐였더라?"

나는 욕조에 몸을 담근 채 떠오른 아이디어에 대해 잠시 생각하다가, 목욕 후 회사 근처에서 그걸 살 수 있을 만한 가게를 검색해 보았다.

○

다음 날, 정시퇴근을 강행한 나는 회사 근처의 백화점으로 발길을 옮겼다.

익숙지 않은 분위기를 가진 매장에 얼굴을 내밀고는, 점원에게

"연하의 여자가 좋아할 만한 게 뭔가요?"라고 물으며 적당한 것을 골라달라고 했다.

점원이 "여자 친구분께 드릴 선물인가요?"라고 물었고, 나는 "아뇨, 그렇습니다"라는 소름 끼치게 의도를 전혀 헤아릴 수 없는 대답을 해버렸다. 중간까지 솔직하게 대답하려다 설명이 귀찮아진 나머지 적당히 내뱉은 결과였다.

점원은 괴로워 보이는 영업 스마일로 "그렇군요"라고 사무적으로 대답했다. 나는 선물 포장은 거절하고 손가방만 받아 집으로 돌아왔다.

"다녀왔어~."

내가 집에 돌아왔을 때 두 사람은 거실 탁자에 앉아 함께 공부하고 있었다.

나는 양복 상의도 벗지 않은 채 두 사람에게 먼저 물었다.

"둘 다 아직 목욕 안 했네."

"돌아와서는 갑자기 무슨 확인이야?"

아야노는 나의 당당한 물음에 곧바로 의문을 돌려주었고, 시오리는 "……?"라는 얼굴로 내 손에 들린 종이봉투를 보고 있었다.

아야노도 시오리의 시선을 눈치채고 한 박자 늦게 "그게 뭐야?"라며 눈을 깜빡였다.

나는 봉투 안의 내용물을 탁자 위에 내려놓았다. 작은 유리병 속에 분홍색 소금 같은 것이 들어 있다. 아야노가 "앗" 소리를 질렀다.

"어?! 이거 배스솔트?!"

"그래, 전에 선배한테 시제품을——."

"그 외계 생활이었던 하루 씨가 배스솔트?! 어째서?!"

"들어봐. 그 리액션은 지당하긴 하지만 얘기를 좀 들어봐."

"배스솔트라면…… 목욕할 때 넣는 거요?"

나는 시오리의 질문에 고개를 끄덕였다.

입욕제의 일종이다.

건강이나 미용에 효과가 있어 서구 등에서도 오래전부터 사용되고 있었다. 지금은 여성용 디자인으로 포장된 것들이 많아 선물용으로도 많이 팔리고 있는 것 같았다.

"이왕 사 왔으니까 두 사람 들어갈 때 써. 그게 말이지, 나도 해마다 피로가 쌓여가니까. 가끔은 이런 것도 도입해 볼까 하고."

"와아! 하루 씨, 고마워! 나랑 시이를 위해서 사 온 거겠지?"

"들어봐, 적어도 내가 준비해 온 핑계는 들어줘."

"에엥, 그래도 뭔가, 의도가 뻔히 보이는데?"

"뻔히 보인다던가 그런 말 하지 마. 제대로 뇌 속에서 시뮬레이션까지 끝냈다고."

"후후……."

"이거 봐, 시이도 코웃음 치잖아."

"엣?! 저는, 코웃음을 친 게……?"

"그래! 내 나름대로 신경 좀 써봤다! 이제 됐냐!"

"기뻐! 고마워, 하루 씨!"

"앗…… 네, 감사해요, 하루후미 씨."

솔직하게 전한 말에 가장 솔직하게 기뻐해 준 착한 아이들이다.

괜히 핑계를 대려고 한 자신이 부끄러웠다.

사회의 거친 파도에 휩쓸려 마모된 성인 남자에게는 그 솔직함이 눈부셨다. 신경 쓰이게 하지 않으려고 가상의 시뮬레이션을 해봤는데 무의미했다. 하지만, 역시 솔직하게 기뻐해 주는 것이 기쁘다. 가장 기쁘다. 이 솔직함을 본받고 싶었다.

"시이는 배스솔트 사용해 본 적 있어?"

"저는 없, 어요."

"그렇지~. 버블이나 가루 계열은 사용해본 적이 있긴 한데."

"아니면…… 유자라던가?"

"엑, 유자도 넣을 수 있어?"

아야노와 시오리는 머리를 맞댄 채 배스솔트 설명서를 읽으며 대화를 나눴다.

나는 두 사람의 즐거운 대화 소리를 들으며 이미 만족감을 느꼈다. 정장 재킷을 옷걸이에 걸고 넥타이를 느슨하게 풀었다. 컵을 집어 들고 냉장고를 열어 미리 만들어 둔 보리차를 따라 마셨다. 그 뒤에서 두 사람은 아직도 설명서에 대해 이야기하고 있었다.

"뭔가 분량이나 사용법 같은 게 엄청 세세하게 쓰여 있네."

"하지만, 그렇게 복잡하지는…… 않네요……."

"음. 잘 모르겠지만, 이왕 이렇게 된 거 같이 들어갈까?"

"풉!"

무심코 보리차를 뿜은 나를 아야노와 시오리가 돌아보았다.

시오리가 "아, 저기……"라며 당황하는 한편, 아야노는 히죽히죽 사악한 미소를 짓는다.

"뭐야? 하루 씨도 같이 들어갈래?"

"들어가겠냐, 멍청아! 그보다 들어가지도 못해!"

"하루 씨 집 욕조 넓으니까 들어갈 수 있지 않을까?"

"물리적으로 문제가 없다면 중세의 노예선도 물리적으로는 문제가 없다고! 윤리와 정조관념의 문제다!"

"그렇게 열변하지 않아도 들여보낼 생각 없네요~. 하루 씨한테 시이의 알몸은 자극이 너무 심할 테니까. 시이의 속살은 내가 독점할 거다~."

"아, 아야노 양……?"

"방금 말투, 좀 아저씨 냄새가 났다만."

"아아~, 현역 여고생에게 아저씨 냄새라니, 델리커시가 없네~. 시이, 저런 아저씨는 놔두고 씻으러 가자!"

"앗, 잠깐…… 같이 들어가기로 결정된 건가요?"

"둘 다 갈아입을 옷 잘 챙겨가라."

"응, 알았어!"

아야노는 웃으며 그렇게 대답하고는 시오리의 손을 잡아끌어 욕실로 향했다. 나는 갈아입을 옷을 들고 욕실로 향하는 두 사람을 배웅한 뒤, 조금 전 뿜은 보리차를 걸레로 닦아 놓았다.

○

"크면 정말로 물에 뜨는구나~."

"히익! 아야노 양?! 가, 갑자기 만지면, 노, 놀라니까……."

"미안. 아, 시이 등 씻어줄게! 공부 가르쳐준 답례로!"

"아, 아야노, 눈빛이 좀, 무서운데요……."

"괜찮아! 만질 때는 확실하게 말할 테니까!"

"아, 아야노 양……?"

"농담! 제대로 평범하게 할게. 근데, 이런 거 좀 좋다. 어쩐지 자매 같아."

"아, 네. 그건 저도……."

"엣! 시이도? 기쁘다! 난 시이 같은 언니가 갖고 싶었거든. 착하고 귀엽고 어른스러운 계열에다~ 나랑은 전혀 다르고!"

"저, 저도…… 아야노처럼 밝고 활기찬 여동생이 있었으면 좋겠다고…… 계속 생각했어요."

"우리들, 같은 마음이었네. 결혼할래?"

"히에~."

욕실 쪽에서 그런 백합스러운, 아니, 풋풋한 대화가 들려왔다.

미리 말해 두지만 난 지금 거실에 있다.

방금 그건 어디까지나 대화가 들려온 것뿐이다.

생각의 자유는 헌법으로 보장되어 있고, 흘러나오는 소리가 내 귀에 자연히 들어오는 것은 불가항력이다. 다시 말해, 그 두 사람의 대화를 통해 자연스럽게 내부 사정을 연상하는 것은 조금도 헌법에 어긋나는 일이 아니었다.

하지만 헌법이 용서하는 것과 시대의 윤리관이 용서하는 것은 다르다. 그 전에, 내가 허용할 수 없다.

나는 뇌 내의 몹쓸 생각을 떨쳐내기 위해 스마트폰에 이어폰을 꽂았다. 영상 사이트에서 나오는 반야심경 소리를 크게 키우고 틀어 고막으로 내보냈다. 번뇌의 소멸을 시도하자.

"어이쿠~ 손이 미끄러졌네~."

"앗, 아야노 양! 잠, 앗── 정말, 안 된다니까요, 에잇!"

"꺅, 잠깐, 시이?"

"보, 복수예요!"

"와, 잠깐, 앗, 겨드랑이는 안 돼! 잠깐, 까아, 응!"

나는 염불을 외면서 스스로의 번뇌와 마주했다.

지금만이라도 괜찮아.

아무나 누가 좀, 제야의 종을 울려줘.

제11화 ○ 마리아 알코올

"타니가와 씨. 요즘 뭔가 바뀐 거 없어요?"

금요일, 회사 점심시간.

내 자리에서 밥을 먹고 있는데 타케바야시가 갑자기 그런 말을 던졌다. 나는 "갑자기 무슨 소리야"라며 의심의 눈초리를 보냈다. 대체로 이 녀석이 솔선해서 내게 말을 걸러 올 때면 늘 제대로 된 이야기를 한 적이 없었다. 저번에는 야근 도우미였고.

"잔업이라면 당분간 못 도와줘."

"앗, 나중이라면 괜찮군요, 나중이라면!"

"두 번 다시 안 도와준다, 임마."

"조크예요, 조크."

그러면서 타케바야시는 가까운 빈 의자를 가져와 걸터앉았다. 참고로 타케바야시가 제일 좋아하는 마리아는 흡연 타임 중이다. 다시 말해, 오늘은 완전히 다른 목적으로 왔다는 뜻이었다.

"타니가와 씨, 여친 생겼어요?"

"안 생겼는데, 왜?"

"그, 여친 생겼을 때랑 똑같거든요. 요즘 하는 행동이."

갑자기 정시 퇴근을 신경 쓰거나, 셔츠가 다려져 있거나, 머리 모양이나 수염을 제대로 정리하고 출근하거나. 타케바야시는 내 변화를 세세하게도 나열했다. 넌 그거냐. 내 스토커냐.

"미안하지만 네 마음에는 답할 수 없겠다."

"무슨 착각을 하는 거예요? 그 정도는 대놓고 알 수 있다는 뜻이죠."

"아버지랑 싸운 어머니가 잠깐 지내러 오셨어."

"그럼 그런 걸로 해둘까요. 타니가와 씨는 이야기도 잘 만들어
내는 것 같으니."

"넌 왜 나한테만 내추럴하게 실례를 범하는 건데."

후배 사원의 실례되는 발언이 그 정도를 넘어서서 꽤 놀라울 정
도다. 그보다, 타케바야시는 기본적으로 사내에선 상쾌한 미청년
으로 통하고 있다. 왜 나한테만 태클을 거는지 모르겠네.

"애초에 왜 네가 내 교제 관계를 신경 쓰는 건데?"

"그야 뭐, 처음 사귄 여친이라 들떠 있을 선배에게 조언이라도
해줄까 하고요."

"별로 처음도 아니고 여친도 아냐."

"그래도, 집에 누가 있긴 있는 거죠?"

"고양이를 키우기 시작했을 수도 있지."

"고양이를 키우면서 다림질을 잘하게 되는 사람은 없어요. 그
보다 역시, 아까 그 얘긴 거짓말인 거네요, 어머니 얘기. 이 사람
은 숨 쉬듯이 말을 지어낸다니까. 방심할 수가 없네~."

"야, 쓸데없는 소문 괜히 늘리지 마."

"뭐어, 여기까지가 서론이고요."

"길다, 길어. 이야기의 도입이 너무 길어서 영화였다면 잤을
거다."

"여기, 요전번 야근에 대한 답례입니다."

타케바야시는 그렇게 말하며 길쭉한 봉투를 꺼내 보였다. "받

으세요"라면서 내게 그것을 건넨다.

내가 그것을 받아들고 꺼내 보니, 내용물은 술병이었다. 라벨을 읽어 보니 일본 술인 것 같다. 게다가 꽤 좋은 품질의 전통주 같은데. 나는 깜짝 놀랐다. 타케바야시가 이런 걸 신경 쓸 거라고는 생각도 못해서, 예상 밖이었던 만큼 기뻤다.

"어, 이거 일부러 산 거야?"

"아아, 아뇨. 그런 게 아니라——."

그리고, 이어서 나온 타케바야시의 발언에 나는 한 번 더 놀랐다.

"그거, 저희 집 술이거든요."

"무슨, 본가가 양조장?!"

"뭐, 저는 둘째라서 이을 필요는 없었지만 말이죠. 얼마 전에 본가에서 보내왔거든요. 소박한 나눔이랄까, 도와준 답례로 어떤 가요? 일본 술을 좋아하실진 모르겠지만요."

"우와, 진짜냐. 고맙다. 뭔가 기쁘네. 당연히 마셔야지."

평소에 집에서 마시지는 않고 있지만, 술을 받는 건 그냥 기뻤다.

아야노나 시오리를 본받아서 솔직하게 기뻐해 보았다.

나는 술병을 종이봉투에 다시 넣고 조심스레 책상 밑에 넣었다. 마리아에게 발각된다면 어쩐지 단숨에 마셔버릴 것 같고. 그 녀석 주당이니까. 그때 술을 마시고 기억이 날아갔을 때도 그 녀석의 페이스를 따라간 것이 원인이었다.

내가 소중하게 숨겨두는 것을 보고, 타케바야시는 단정한 얼굴로 아쉬운 듯 웃어 보였다.

"……타니가와 씨는 솔직하게 반응하면 귀여운데 말이죠."

"아니, 그 서론은 진짜 뭐였는데."

"여친이 있었다면, 술을 마신 다음 전개에 대한 강의를 해 드릴까~ 하고."

"물어본 내가 바보였다, 이 녀석아. 그래도 정말 고마워."

나는 타케바야시에게 감사를 전하고, 실례긴 하지만 『의리 있는 녀석』이라고 평가를 살짝 고쳤다. 타케바야시는 술병을 건네준 것으로 본론을 끝낸 것인지, "그럼 나중에~"라고 하며 자리를 떴다.

"흐음, 꽤 좋아 보이네요."

"그렇지? 아니, 야마데라 씨 어느 틈에?"

"조금 전이요. 이거, 타케바야시 씨한테 받은 건가요?"

마리아는 그러면서 본인 자리에 앉아 내가 받은 술병의 라벨을 읽고 있었다.

"아, 으응. 잔업 도와준 답례라고."

"흐음, 그래서, 언제 마실까요?"

"왜 당신도 같이 마신다는 전제입니까, 야마데라 씨?"

"전에 말했잖아요. 『나중에 술이나 같이 마셔요』라고."

"그건 네가 말한 거고……. 게다가, 가게에 가져간들 못 마시잖아."

"집에서 마시면 되죠, 집에서. 타니가와 씨 집은 어때요?"

"어때요 라니, ──잠깐."

우리 집은 안 된다. 시오리와 아야노가 있는데 집에서 술을 마실 수 있을 리가 없다. 애초에 신주쿠에서 만났을 때의 거짓말이 들통나면 상황이 더 귀찮아질 것이다.

"지금은 안 돼."

"그럼 우리 집에서 마실래요?"

"……그거라면 뭐."

그보다 어쩌려나.

집에서 술을 마시자고 제안하는 건, 남자 쪽에서 했을 땐 약간 속셈이 있는 것처럼 보이는데.

여자 쪽에서 집에서 술을 마시자 제안하는 건 일반적인 걸까?

마리아의 경우엔 단순히 술을 마시고 싶어서일 거라는 생각이 들었다. 나도 그래서 스스럼없이 어울려왔던 거고, 이번에도 아마 그런 거겠지. 어떻게 보면 이것도 신뢰 관계인 걸까. 괜히 경계하거나 주저하는 것도 그거대로 속셈이 있어 보이는 것 같아서 싫었다.

"그러고 보니, 야마데라 씨 어디에 살고 있었더라?"

"토키와다이 쪽이에요. 아무리 그래도 오늘은 어렵지만요. 사람을 들이기 전에 청소는 해야 하니까."

"아아, 알겠──."

알겠다, 고 말하려다 입을 다물었다.

뇌리에 떠오른 두 사람의 모습이, 손가락으로 엑스자를 그리고 있었다.

"……."

마리아가 이상함을 눈치챘는지 "타니가와 씨?"라며 의아한 얼굴로 나를 쳐다보았다.

정신을 차리고 보니 나는 "이건 역시 혼자 마실래!", "타케바야시의 마음은 내가 독점하겠어!"라고 외치고 있었다. 어젯밤 아야노의 영향일지도 몰랐다.

회사에서는 후일 이 발언이 터무니없는 오해를 낳은 탓에, 타케바야시에게 "저랑 타니가와 씨가 사귀는 중이라는 의혹이 나오고 있는데요?", "타니가와 씨 무슨 장난질인가요"라는 항변을 들어야 했다. 이에 대해서는 "정말로 미안, 타케바야시"라고 대답할 수밖에 없었다.

○

집으로 돌아가자, 얼굴 가득 미소를 띠고 있는 아야노의 마중을 받았다.

"어서 와~, 하루 씨, 이리로 와 봐!"

돌아가자마자 손도 씻기 전에 아야노에게 이끌려 거실의 탁자 앞에 앉았다. 나는 이미 어렴풋이 눈치채고 있었지만 "뭐야뭐야?"라며 물어보았다.

아야노가 받아온 시험지를 펼치며 말했다.

"짜잔! 다행히 추가 시험 전부 통과했습니다! 아싸~!"

"오오, 축하해! 이예~이!"

아야노가 양손을 들어 보이기에 나도 함께 양손을 들어 하이파

이브를 했다. 시오리도 주방 쪽에서 짝짝 박수를 치고 있었다. 점수를 보면 상당히 아슬아슬하긴 한데, 그 정도의 단기간에 낙제점을 완벽하게 피했다는 것을 우선 크게 칭찬하고 싶었다.

"약속대로 내일은 고기 먹으러 갈까."

"고기는 어디서 먹어? 조조엔*?"

"좀 비싼 곳으로 예약할게. 시오리는 내일 시간 괜찮아?"

"앗, 네. 내일은…… 비워둘게요."

"아, 맞아맞아. 시이랑 쇼핑도 해야지!"

"그럼 오후에 나가서 쇼핑하고, 돌아오는 길에 먹으러 가는 걸로 할까. 달리기는 일요일에 하자."

"오, 주 1회 뛰는 거 착실하게 하고 있네."

"아야노가 열심히 공부했는데, 내가 일회성으로 멈추면 설교도 못 하지."

"하루후미 씨, 저기, 재킷을……."

"아, 고마워."

"그, 그쪽 병은……?"

내가 시오리에게 옷걸이를 받아 상의를 걸치고 있는데, 시오리가 타케바야시에게 받은 술을 발견했다. 아야노도 "뭔데뭔데?"라면서 다가가 조심스레 술병을 집어 들었다.

"술이다. 하루 씨, 술 마시는구나?"

"집에서는 잘 안 마시지만 밖에서는 좀 마셔. 그건 후배한테 받은 거야."

*일본의 유명한 불고기 체인점.

"저기…… 안주라던가…… 만들까요?"

"아. 아니, 신경 쓰지 마. 그런 건 마시는 사람이 준비할 테니까."

"하루 씨는 술 잘 마셔?"

"별로 세진 않아. 마시면 금방 졸리고. 학창 시절 때도 집에서 술을 마시고 선배 집 같은 데서 자버려서 그걸로 엄청 놀림당했지. 그래서 오늘도 집에서 술 마시자는 건 거절했어."

"집에서? 그 술 준 후배가 같이 마시자고 했어? 남자?"

"후배는 남자지만 권유한 건 다른 사람. 왜, 가구 매장에서 한 번 봤잖아."

내가 그렇게 대답하자 시오리와 아야노가 잠시 생각에 잠겼다.

"분명…… 마리아 씨였나요?"

"엑, 그 사람 집에서?"

"다시 한번 말하지만 거절했다."

"그래도, 권유받았구나."

"아니, 깊은 의미는 없었을 거야. 평소에도 자주 같이 마시니까."

"그렇지만, 하루후미 씨. 평범한 경우엔 아마…… 호의 없는 상대를 집에 들이지는…….'"

"정작 하루 씨 본인은 쉽게 쉽게 남을 들이니까 이런 말 하기도 그렇지만."

"너희들 남녀 우정 불신파냐?"

"그럼 하루 씨는 왜 거절했어?"

"말했잖아. 집에서 마시면 금방 긴장이 풀려서 자버린다고."

내가 그렇게 말하자 시오리와 아야노는 다시 으음, 하며 생각에 잠겼다. 두 사람은 잠시 서로의 눈을 마주 보더니 소파 한가운데에 앉아 있던 나를 사이에 두고 양옆에 앉았다.

"하루 씨."

"하루후미 씨."

"아, 네."

"술은 집에서 언제든 마셔도 돼."

"저…… 안주도 준비할 테니까요……."

"음? 아아, 뭐. 그래?"

나는 뭐가 뭔지 알 수 없는 채로 고개를 끄덕였고, 아야노와 시오리는 양쪽에서 꾹 입을 다물고 있었다.

○

나와 시이는 같은 침실에 누워 있었다.

커튼 사이로 달빛이 새어 들어와 방안은 어슴푸레 밝았다.

침실에 있는 것은 하루 씨의 침대와 그 옆에 깔린 이불. 그리고 책이 가득한 하루 씨의 책장이 하나. 방에는 오래된 책 냄새가 나는데 나는 요즘 그 냄새가 꽤 마음에 들었다.

침대는 시이와 매일 교대로 사용하고 있어서 오늘은 시이가 바닥에 깔아둔 이불에서 자고 있었다. 나는 침대 가장자리로 얼굴을 빼꼼 내밀었다.

"시이, 어떻게 생각해?"

나는 시이에게 물었다.

시이는 "아까 일, 말이죠?"라고 되물었다.

"하루 씨는 그렇게 말했지만, 남녀가 집에서 술을 마신다면, 무조건 마음이 있다는 거잖아."

"그건 저도…… 그렇다고 생각해요…….."

"그보다 하루 씨는 진짜 눈치 못 챈 건가?"

참고로, 나는 꽤 신경이 쓰였다.

하루 씨는 어쨌든 사람을 잘 보고 있으니까, 그런 걸 놓치지는 않을 것 같은데.

아, 그래도 가끔 이상한 논리를 펼치기도 하니까…….

시이도 같은 생각을 했는지 어렵게 답을 내놓았다.

"글쎄요……. 하루후미 씨는, 이해력이 좋기도 하지만, 대충 넘기는 면도 있으니까…… 의외로 정말…… 눈치채지 못했을지도."

"저기, 시이."

"네, 아야노 양."

"나, 지금 이대로가 좋아."

"……응."

"하루 씨를 누군가에게 뺏기는 건 싫어…….."

"……응."

"계속 지금처럼만 지낼 수 있다면 좋겠다…….."

"네, 저도 같은 마음이에요…….."

내 말에 시이가 동의해줘서, 나는 조금 안심했다.

제12화 ◯ 1DK 데이트 플랜

이번 주 토요일도 날씨는 쾌청했다.

올해는 장마철에 비가 적게 온다고, 일기 예보에서 여성이 말하고 있었다. 기온은 점점 초여름에 다가가고 있다. 나는 그런 해설을 들으면서 평소에 입는 티셔츠와 청바지로 갈아입은 채 침실의 두 여자를 기다렸다.

"하루 씨, 기다렸지~."

"오래 기다리셨죠."

아야노와 시오리가 준비를 끝마치고 침실에서 나왔다.

아야노는 조금 사이즈가 넉넉한 티셔츠와 핫팬츠, 시오리는 깔끔한 원피스와 벨트 조합이었다. 두 사람이 나란히 서면 『여름, 사이좋은 여대생』 같은 느낌이었다.

"늘 그렇지만 아야노도 시오리도 잘 어울리네."

"이야~, 늘 그렇지만 항상 고마워요~."

"그보다, 이런 『여름, 사이좋은 여대생』 같은 그림의 틈바구니에 끼어 있는 나는 주위에서 이상하게 보이지 않을까. 좀 수상하지 않나?"

"음…… 의지가 되는 선배, 아닐까요?"

"으음~. 프로듀서나 매니저? 스카우트맨?"

"뭐, 둘이 나란히 걸어가면 나 같은 건 시야에 안 들어오지 않겠어?"

이렇게나 사랑스러운 2인조가 있다면, 그 옆에 장아찌처럼 딸린 남자는 시야에 들어오지 않을 것이다. 기척을 죽이고, 쿠로코*처럼 짐꾼이나 하고 있어야겠다.

"그래서, 가고 싶은 곳은 정했어?"

"응! 하라주쿠에서 시이랑 같이 옷이랑 화장품 보고 싶어."

"그럼 하라주쿠 먼저 돌아보고 시간 되면 고기 먹으러 신주쿠로 가면 되겠다. 주오선에서 야마노테선으로 환승인가."

"고깃집은…… 신주쿠에 있나요……?"

"신주쿠3초메역 근처에 있어. JR신주쿠역에서도 걸어서 갈 만한 거리니까 걸어가자."

"무슨 고기야? 불고기? 샤브샤브?"

"그건 갔을 때의 즐거움으로 남겨두고. 그럼 나가볼까?"

창문을 잘 확인한 우리는 집을 나와 문을 잠갔다. 참고로 나오기 전에 지갑도 확실히 확인했다. 카드가 있으니 큰 문제는 없겠지만, 정작 현금이 없으면 불안해지는 구시대적 타입의 인간이었다.

의욕에 넘치는 아야노에게 이끌려 우리들은 하라주쿠의 타케시타 거리로 향했다.

○

JR하라주쿠역을 나와 횡단보도를 하나 건너면 바로 타케시타 거리가 나온다.

---

*만화 쿠로코의 농구에 나오는 주인공. 기척을 숨기는 재주가 있다.

역에서 메이지 거리를 향해 완만한 내리막길로 되어 있고 그 비탈길 양옆으로 많은 점포가 줄지어 있는, 말하자면 상점가였다. 특히 젊은이들을 타깃으로 한 패션이나 장식품을 취급하는 곳이 많아서 젊은 패션의 중심지나 다름없었다.

하라주쿠 역에서 내려 횡단보도 앞에서 신호를 기다리는 동안 아야노가 내게 물었다.

"하루 씨는 여기 와본 적 있어?"

메이지 신궁에 참배하러 왔을 때 잠깐 지나간 정도려나. 시오리는?"

"처음이에요. 아직 이 근처는, 와 본 적이 없어서…….."

"맞아맞아, 시이가 처음이라고 해서 여기로 했어."

아야노에게 들으니 요즘은 오쿠보 같은 곳에 가는 경우도 많다고 했다.

개인적으로도 여고생이나 젊은 여성의 거리라는 이미지가 앞서서 하라주쿠는 거의 돌아본 적이 없었다. "한번 둘러보면서 시이도 같이 즐겼으면 좋겠다"라고 아야노는 말했다.

"그보다, 역시 사람 많네."

"뭔가…… 축제 같네요…….."

지방 출신 동지끼리 상투적인 말을 뱉고 말았다.

아야노를 따라 타케시타 거리를 걸었다.

거리를 걸어 다니는 사람들은 저마다 개성적인 패션을 하고 있었고, 나카노와는 다른 방향으로 뒤죽박죽한 느낌이라 즐거웠다. 로리타 패션을 입은 사람이라든가, 노선이 확실히 정해져 있어서 나도 모르게 눈이 갔다.

시야를 채우는 정보량이 편안하게 느껴지는, 적당한 혼돈이었다.

날씨가 좋기도 해서 걷기만 해도 즐거운 곳이었다.

거리의 공기가 내 생활권과는 달라서 그런지 특별한 휴일 같은 느낌이 들었다. 어쩌면 지방 출신 입장에서 축제처럼 느껴지는 이유가 이런 부분 때문일지도 몰랐다. 크레이프 등 음식점이 늘어선 모습이 축제의 점포와 닮아서 그런 것일지도.

언제나 축제 같은 거리.

아야노는 나와 시오리의 손을 잡고 컬러풀한 가게와 인파를 뚫고 나갔다.

아야노는 길가에 늘어선 크레이프 가게의 줄을 보면서 말했다.

"사실 크레이프나 팬케이크 같은 것도 먹고 싶은데, 고기가 있으니까 참아야지."

"조금 정도는 괜찮지 않아?"

"안 돼, 안 돼. 고기를 위한 최상의 컨디션을, 앗, 시이. 저거 좀 보고 갈래? 전에 말했던 민소매 옷! 이거 봐!"

"앗…… 아아, 여름옷 얘기할 때."

"앗, 마침 적당한 곳이 있어."

그러면서 아야노는 『CUTE CUBE』라는 간판이 달린 컬러풀한 건물로 들어갔다.

계단을 오르자 『스핀즈』라고 가타카나로 적힌 전광판이 시야 한가득 들어왔다.

아야노의 뒤를 따라 안으로 들어섰다.

두 사람이 옷 앞에서 도란도란 대화하는 모습을 느긋하게 바라보며, 나는 짧은 기장의 상의나 독특한 차이나 셔츠 등, 평상시 자신의 생활권에서는 접할 수 없었던 패션의 존재를 놀랍게 바라보았다.

예쁘긴 하지만 받쳐 입을 옷을 매치하기 어려울 것 같았다.

아니, 그 창의적인 패션을 고민하는 것이 즐거움인 걸까.

나는 그렇게 생각하면서 광고 문구가 쓰여진 POP를 바라보며 고개를 갸웃했다.

"저기, 아야노. 이 지뢰여자*라든가, 양산여자**라는 건 뭐야. 『프랑켄슈타인의 군대』 같은 건가?"

"아, 잘은 모르겠지만 아마 하루 씨가 생각하는 그건 아닐 거야."

보충하자면 『프랑켄슈타인의 군대』는 액션 공포영화다.

근사한 디자인의 무기 인간이 화면상을 돌아다니는 것만 봐도 만족감이 드는 영화지만, 지뢰여자나 양산여자는 그런 것과는 다른 것 같았다. 나중에 알아보자.

아야노와 시오리는 마음에 든 옷을 서로에게 대보면서 이따금 나를 돌아보았다.

"하루 씨, 하루 씨. 시이가 어느 걸 입었으면 좋겠어?"

---

*일본의 신조어. 사귀어보니 생각지도 못한 일면을 갖고 있는 경우를 말함. 최근에는 이를 이용하는 메이크업이나 패션도 함께 유행하고 있다.

**일본의 신조어. 양산형의 의미로 비슷한 패션이나 메이크업 등 특징이 없는 스타일을 말함.

"내 의견보다는 아야노의 안목 쪽이——."

"둘 다 어울려서 물어보는 거야. 하루 씨 취향은 어느 쪽?"

"으음, 그럼, 저 가장자리가 하늘하늘한 걸로."

"하루 씨는 의외로 로리 계열을 좋아해?"

"아니, 그런 건 아니다만."

"그러고 보니…… 하라주쿠는, 그런 패션도, 유명하죠……?"

"로리타 카페 같은 것도 있어. 입어볼 수도 있다는데. 앗, 하루 씨, 사실 신경 쓰인다거나? 시이가 그런 걸 입어주길 바라는 거 아냐? 생각해 보니까 거리를 걷고 있을 때도 힐끔힐끔 눈으로 좋고 있던데."

눈으로 좋고 있던 것을 아야노에게 이미 들켰던 모양이다.

어디를 보고 있는지 의외로 잘 알아차리는구나.

앞으로 조심해야겠다고 생각하면서 나는 솔직한 감상을 전해 주었다.

"뭔가 좀 멋있지 않아? 통일감이 있어서. 그리고 아야노가 입어도 괜찮을 것 같은데?"

"앗, 난 그런 건. 어, 근데 별로 안 어울릴 텐데."

"아…… 아야노 양이 입어준다면, 저도 같이……."

"엑, 시이까지?! 으음, 새, 생각해 볼게…… 저기, 다음에……."

"더운 계절엔 힘들 것 같더라. 통기성이라든가."

"으, 응. 다음에 기회가 되면……. 앗, 시이, 이거이거!"

이런 느낌으로, 셋이서 중고 옷 가게나 컬러풀한 사탕 가게를 간단히 둘러보고 나자 짐꾼인 내 양손에는 몇 개의 종이봉투가 늘어났다.

짐을 들고 있으니 거리에 조금 녹아든 것 같은 기분이 들었다.

그러고 보니, 가게에서 말이 나와서인지 아야노는 로리타 패션 차림으로 거리를 다니는 아이를 힐끔거리며 보고 있었다. 확실히 무언가를 눈으로 좇는 모습은 옆에서 보면 알기 쉽다.

다리에 적당한 피로감이 느껴질 때쯤, 우리는 예약한 레스토랑이 있는 신주쿠로 향했다.

○

"시간이 좀 남았는데, 어디서 좀 쉴래?"

신주쿠역에 도착한 후, 나는 아야노와 시오리에게 그렇게 제안했다.

나는 조금 더 돌아다닐 수 있었지만 여자를 동일한 감각으로 데리고 다니는 것은 좋지 않을 것 같았다. 그렇게 생각하고 건넨 제안이었지만 의외로 둘 다 아무렇지도 않은 얼굴로 말했다.

"저는…… 아직, 괜찮아요."

"하루 씨만 괜찮으면 어디 다른 데 둘러볼래? 하라주쿠에서는 우리가 보고 싶은 것만 봤으니까, 이번에는 하루 씨가 좋아하는 곳 어때?"

"아니, 그건 그거대로 재미있었는데. 그러면……."

그런 말을 들어도 영화관과 서점밖에 떠오르지 않는 인간이었다. 특히나 서점 중에서도 신주쿠엔 크고 구색이 잘 갖춰진 좋은 서점이 많아서 망설여졌다. 오늘은 그럼——.

"그럼, 북퍼스트 신주쿠점으로 갈까."

북퍼스트 신주쿠점.

신주쿠역에서 도보 3분 거리의, 유명한 도쿄 모드 학원* 건물 지하에 있는 서점이다. 천 평이라는 공간 안에 90만 권 이상의 책이 들어가 있다……는 것 같다.

도쿄는 각 역 근처마다 대부분 서점이 있지만, 대형 섬쏘라고 하면 의외로 한정되어 있었다. 아사가야에도 『쇼라쿠』라는 단골 서점이 있지만, 가끔 신주쿠에 나오거나 하면 역시 북퍼스트나 키노쿠니야 서점으로 발길이 갔다.

이런 이야기들을 하면서 우리 셋은 지하 통로를 걸어갔다.

"하루 씨, 하루 씨."

"왜."

"내가 보기엔, 서점은 다 비슷해 보이는데, 큰 곳은 뭔가 달라?"

"아, 그런가. 아야노는 선반은 안 보는 타입인가."

"선반? 아니, 보는데? 그냥 눈에 들어오잖아."

"아니, 그게 아니라. 뭐라고 해야 하나."

"아, 하루후미 씨……. 이쪽인가요?"

"으음, 저기다. 가게에서 설명하지 뭐."

우리는 지하 1층에 있는 북퍼스트의 신간 매장 입구를 통해 가게에 들어섰다. 나는 신간·화제의 코너에 산더미처럼 쌓인 책을 보면서 아야노에게 물었다.

*일본의 패션 전문학원.

"예를 들어, 아야노는 어떨 때 서점에 와?"

"난 거의 서점에 안 가."

얘기가 끝나버렸다.

나는 "……"라는 침묵 상태로 잠시 입을 다물고, 말을 고른 뒤 다시 대화를 이어갔다.

"그러니까 말이지. 서점에 오는 이유 중에 많은 경우는 『갖고 싶은 책이 있어서』야."

"아니, 그 이외의 경우도 있어?"

"그중 하나가 선반을 보는 타입이지. 아야노가 아까 『서점은 다 비슷해 보인다』고 했잖아. 그게 사실 정답이랄까, 실제로도 맞는 말이야."

서점의 선반에는 어느 정도의 정형화된 규칙이 있다.

대체로 서점의 선반을 구성하고 있는 것은 중개회사가 정하는 랭킹이 높은 책과 출판사가 정하는 상비(常備)용이라 불리는 책이다. 간단히 말해 국내에서 잘 팔리는 책의 리스트가 있고, 그 리스트 중 80% 정도가 자동적으로 선반을 채우고 있다는 뜻이다. 편집숍 등이 아닌 한 거리의 서점은 대체로 그런 느낌이었다.

"음? 다시 말해 어느 서점이나 구성이 바뀌지 않는다는 뜻?"

"그런 거지. 거의 비슷해지니까."

"그러면 좀 재미없지 않아?"

"그래도, 그거면 충분해. 『갖고 싶은 책이 있어서』 오는 고객층이 메인이니까. 제일 많은 사람이 『갖고 싶은 책을 갖춘』 상태가 되어 있는 게 정답이야."

"에엥, 뭔가 재미없다."

"그런 의견도 이해돼."

"그래서 저…… 하루후미 씨, 선반을 본다는 건……?"

시오리도 나와 아야노의 대화에 참가했다.

나는 문예 쪽 선반으로 다가가서 기존 간행본들의 흐름을 보며 말했다.

"작은 서점이라면 팔리는 책을 채우는 것만으로 책장이 가득 차지. 매일 박스 몇 상자씩 나오는 신간이 서점으로 들어오거든. 그러니까, 가게마다의 차이는 작은 가게일수록 더 줄어들어. 하지만, 큰 서점이라면 조금 사정이 다르지. 선반의 수가 다르니까."

"그렇다면…… 직접 고를 수 있다, 라는 뜻인가요?"

"맞아. 한정된 공간 안에서 담당자의 열의로 꽂힌 한 권을 찾아내는 걸 좋아해."

"선반에서, 담당자분의 열의를 읽어내시는 건가요……?"

"대충 그렇지? 그리고 독특한 글귀를 적어서 두는 사람도 있고."

"하루 씨 그거, 서점이 기분 나빠하지 않아? 큰 소리로 말해도 돼?"

"왜. 우리 평범한 얘기 했는데, 방금."

"뭔가, 아주 사소한 걸로 바람을 의심하는 병적인 여친 같은 느낌이라고 할까."

"내 책방 사랑에 그런 터무니없는 비유를 하다니…….""

"아, 그래도 하루 씨의 사랑이 무겁다는 건 알겠어!"

"그 해석 완전 틀렸거든. 아마도. 아니, 절대로."

글쎄, 내 사랑은 무거운 걸까.

아야노의 지적을 받고, 스스로의 취향에 대해 의심의 눈길을 보냈다.

아니, 그래도 난 계속 사랑할 거다.

앞으로도 잘 부탁한다, 북퍼스트 신주쿠. 그리고 전국의 서점.

"저는…… 좋은 것 같아요……. 무거운 사랑도, 사람마다 다르고……."

시오리는 그렇게 말하며 조금 풀이 죽은 나를 위로했다.

아야노는 거기에 편승해서 "아, 나도 무겁게 사랑해줘도 괜찮아~"라며 장난스럽게 웃어 보였다. 정말 거리낌 없이 말하는구나.

엉성한 위안에 나는 "그래그래, 사랑할게"라며 쓴웃음을 띠고 대답했다.

○

예약한 시간이 다가와 오늘의 메인이벤트로 향했다.

신주쿠3초메역 쪽까지 걸어간 뒤, 신주쿠 발트 9이라는 영화관이 있는 거리 직전에서 꺾었다. 들어간 빌딩에서 엘리베이터를 탔다. 엘리베이터에서 내린 뒤 "예약한 타니가와입니다"라고 말하자 곧바로 자리로 안내되었다. 들고 온 짐은 접수 직원이 맡아주었다.

나는 직원에게 짐을 건네주고 꿰다 놓은 보릿자루처럼 서 있는

역 도보 7분 1DK, JD, JK 포함.

두 사람을 돌아보았다.

"두 사람 다 왜 그래?"

"하, 하루 씨. 어쩐지 비싸 보이지 않아, 여기?"

"그러니까『좀 비싼 곳』이라고 했잖아?"

"저, 저기…… 정말, 조금인 건가요?"

"괜찮아, 괜찮아. 가끔 부리는 사치를 용서할 수 있을 정도로는 일하고 있으니까."

그렇게 대답하고는 두 사람의 등을 두드리며 안으로 들어갔다.

들어서자마자 편안한 조명과 멋스럽게 배치된 좌석, 신선한 야채가 가득한 샐러드 바가 보였다. 자리는 꽤 차 있었지만 만석은 아니다.

담당 직원의 안내를 받아 4명이 앉을 수 있는 좌식 탁자에 앉았다.

두 사람은 아직도 약간 꿔다 놓은 보릿자루 같았다.

"하루 씨, 여기가 그러니까, 무슨 가게였지?"

"슈하스코 가게."

"슈하스코?"

"브라질의, 바비큐 요리네요……."

고기나 야채를 긴 금속 꼬치에 꽂아 특별 맞춤형 오븐에 돌리면서 구워내는 요리다. 점원이 자리까지 갓 구워낸 고깃덩어리를 가져다주고, 먹고 싶은 부위를 먹고 싶은 만큼 잘라주는 형식이었다. 시오리는 이름만 알고 있었던 것 같다.

"우선 음료 먼저 시키고 샐러드 바에 가볼까. 나는 마테차."

"아…… 그럼, 저는 오렌지 주스로."

"으음, 뭘로 하지. 앗, 나도 오렌지 주스."

"그럼 주문할까."

나는 지나가던 직원에게 음료를 주문하고 두 사람을 데리고 샐러드 바로 갔다. 빈 접시를 건네주고 함께 코너를 돌아다녔다.

아야노가 내 옷 소매를 끌어당긴 채 속닥속닥 귓속말을 했다.

"……하루 씨는, 이런 곳에 자주 와?"

"손에 꼽을 정도야. 직장 선배가 데려와 줘서."

"앗, 나 꽤 편한 차림으로 왔는데, 괜찮으려나?"

"그렇게 말하면 내가 제일 심한데. 괜찮아, 똑바로 서 있으면 둘 다 모델처럼 보여서 전혀 이상하지 않아. 오히려 자연스러워."

내가 그렇게 말하자 아야노는 "그런가" 하며 등을 꼿꼿하게 폈다. 시오리도 아야노 옆에서 조용히 자세를 바로잡았다. 정말이지 순진하고 귀여운 아이들이다.

"아, 토마토 맛있겠다……."

"저기, 시이. 저 본 적 없는 보라색 녀석은 뭘까?"

"순무 같이 생겼네요…… 동료인 걸까요?"

"아, 비트야. 한자로 빨간 무(赤蕪)라고 쓰긴 하지만 순무의 동료는 아니야."

"나왔다, 하루 씨의 쓸모없는 지식!"

"뭐, 한번 먹어보는 게 어때?"

내가 그렇게 말하자 두 사람 모두 "먹어도 되는 거였구나", "그럼 한번……"이라며 앞접시에 비트를 담았다. 대화로 어느 정도

긴장이 풀렸는지 나중에는 두 사람 다 식당의 분위기를 즐기며 접시에 채소를 가득 담아나갔다.

자리로 돌아오니 기다리던 고기 타임이 찾아왔다.

유니폼을 깔끔하게 차려입은 단아한 용모의 웨이터가 꼬챙이의 찔린 고기를 갖고 자리에 왔다. 아야노와 시오리가 눈앞에 놓인 고기에 눈을 휘둥그레 떠 보였다. 그런 두 사람을 살짝 쳐다본 웨이터가 "피카냐는 몇 장 잘라드릴까요?"라고 물어왔다.

"일단, 두 장씩만 주세요."

웨이터가 고기를 잘라주었고, 나는 집게로 들어 각자의 접시에 옮겨주었다.

아야노와 시오리가 조심스레 나이프와 포크를 들었다.

이런 건 처음 한 번만 나서서 보여주면 적응하기 쉬울 터였다.

"그럼, 잘 먹겠습니다. 맛있네~."

"앗, 치사해! 잘 먹겠습니── 맛있다!"

"……음! 맛있어요!"

"이 피○츄 같은 이름의 고기? 이건 무슨 고기야?"

"피카냐야. 소의 엉덩이 쪽 고기."

희귀부위이며 일본에서는 "이치보(볼기살)"라고 불린다는 것을, 아까 두 사람이 샐러드 바에서 흥분해 있는 동안 점원에게 들어두었다.

아야노는 한 입 먹을 때마다 "으음~" 하며 뺨에 손을 가져다 대고 눈을 빛냈다.

"이렇게 맛있는 고기는 처음 먹어봐."

"맛있는 고기를 먹고 싶다는 소망은 충족했어?"

"응! 너무 완벽해! 하루 씨, 고마워!"

"그렇담 다행이네. 시오리는 괜찮아?"

"맛있어요…… 정말로……."

"자, 차례차례 계속 올 거니까 마음껏 먹어."

그렇게 말하자마자 서로인(채끝)이나 코스테라(갈비), 포르코(어깨살) 등 평상시에는 접하기 어려운 생소한 부위의 고기가 차례차례 나왔고, 두 사람은 점원에게 물어보거나 스마트폰으로 검색해 보면서 옮겨 받은 고기를 먹었다.

먹을 때마다 충실하게 맛있어 보이는 표정을 지어주니 이쪽도 데려온 보람이 느껴졌다. 나는 두 사람의 모습에 만족하며 차를 한입 마셨다.

아야노가 맛있다는 듯 고기를 한입 가득 우물거리고는 "하루 씨"라고 부르며 신기해하는 표정을 지어 보였다.

"왜?"

"술은 안 마셔? 여기 밖인데."

"음? 아니, 못 마시는 사람 앞에 두고는 안 마실 건데."

"하루 씨는 술 좋아해?"

"뭐 그렇지. 신경 쓰지 마."

"저기…… 저희들은, 신경 쓰지 마시고, 그……."

"하루 씨는 언제나 우리를 위해 애써주니까. 가끔은 뭐랄까, 좀 해방된 모습을 보고 싶달까?"

"아니, 집에서는 기본적으로 자유롭게 지내잖아?"

"에이, 항상 뚱~하니 진지한 얼굴로 책 읽거나 영화 보잖아! 뭔가 지금 좀 멋있으니까, 취한 모습 보고 싶어~. 덜렁대는 모습 보고 싶다~."

"무슨 요구야, 그건."

잘은 모르겠지만 둘 다 신경 써서 건넨 제안일 테니 일단 호의를 받아 주문하기로 했다. 웨이터를 불러 생맥주를 하나 달라고 부탁하자, 곧 시원한 맥주가 나왔다.

차가운 맥주잔에 찰랑거릴 정도로 담긴 맥주.

그러고 보니 두 사람과 함께 생활한 이후로는 알코올을 한 모금도 마시지 않았다.

아야노와 시오리가 지켜보는 가운데 오랜만에 맥주를 마셨다.

한껏 맥주잔을 기울여 시원한 목 넘김을 즐겼다.

"……음, 맛있다."

그렇게 말하자 아야노는 만족스러운 얼굴로 "으헤~"라며 미소를 지어 보였다. 맥주를 마시는 건 난데, 제일 기뻐 보이는 게 아야노라는 것은 어쩐지 이상한 구도였다.

그런 생각을 하며 쓴웃음을 짓고는 한 모금 더 들이켰다.

아야노가 "아아~, 행복하다~"라며 맛있다는 듯이 고기를 양 볼 가득 우물거렸다.

"어쩐지 오늘이, 인생에서 제일 행복한 것 같아."

"과장이 심하네."

"그런가~? 그래도 이 이상의 행복한 일은 없지 않을까?"

"맛있는 고기에 대한 믿음이 굉장히 두텁구나."

인생에, 행복은 아직 많이 남아 있잖아.

특히 여고생이나 여대생이라면 앞으로 얼마든지.

둘의 인생에는 아직, 이런 하루는 사소하게 느껴질 정도로 대단한 행복이 기다리고 있을 것이다.

내가 그렇게 말하자 아야노는 "에엥~ 그런가~?"라며 같은 말을 반복했다.

"나는, 지금이 계속된다면 그걸로 충분해~."

"그렇게 매일 데리고는 못 온다?"

"헤헤헤, 알고 있어. 그리고 그런 얘기가 아니야. 그렇지, 시이?"

"앗…… 아, 네."

"야, 말투가 나보다 더 취한 사람 같이 됐는데."

"으음, 나도 맥주 시킬까~."

"아쉽지만 그 욕구는 3년 잠재워라."

내가 그렇게 말하자 아야노는 "농담이야~"라면서 깔깔 웃었다.

"다음 거 왔다! 고기가 아닌데?"

"구운 파인애플이야."

"치즈를 구운 것도…… 있네요."

"어쩌지! 위장 용량 계산해 놨던 게 엉망이 될 것 같아!"

"계속 계산하면서 넣고 있었던 거냐……."

그 후로도 많은 고기가 왔고, 아야노는 잘 먹고 잘 웃었다. 시오리도 그런 아야노의 모습을 보고 사랑스러운 것을 보듯이 미소 짓고 있었다. 그리고 뭐, 그 두 사람과 식탁에 둘러앉아 두 사람의 맛있어하는 얼굴을 바라보는 나도, 만족스럽지 않을 리가 없었다.

카메라를 돌려도 될 정도의 광경이었다.

그 광경은 인생 제일의 행복이라 부르기엔 소소하더라도, 추억으로 남길 수 있다면 분명 앞으로 몇 번이나 돌려보게 될 모습이었다. 똑같은 장면을, 몇 번이라도.

『지금이 계속된다면 그걸로 충분하다』

아야노의 말이 떠올라, 나는 카메라가 되어 즐겁게 웃는 두 사람을 바라보았다.

한참 후의 언젠가, 추억으로 떠올리기 위해서.

지금이 계속되지 않는다는 걸 어른인 나는 알고 있으니까.

○

가득 찬 배로 가게에서 나와, 하라주쿠에서 산 짐을 들고 우리는 아사가야로 돌아갔다.

역에 도착한 것은 오후 9시. 고개를 드니 달이 아름다운 밤이었다.

아야노와 시오리 사이에 끼어서 나는 기분 좋은 취기로 발을 내디뎠다.

"오랜만에 알코올이 들어가니까 눈이 어질어질하네."

"아아~ 완전 배불러. 일주일 치 고기는 먹은 것 같아."

"내일은…… 열심히 달려야겠어요."

"아아, 맞아. 먹은 만큼 또 움직여야지~."

그렇게 말하면서 셋이서 집까지의 짧은 거리를 걸었다.

희미하게 여름을 품은 듯한 바람이 알코올로 달아오른 뺨에 기분 좋게 닿았다. 밤의 아사가야는 적당히 밝고, 적당히 어두워서, 가로등에 비친 세 사람의 그림자가 발밑에 뻗어 있었다.

평소의 귀갓길과는 다르게 두 사람과 함께 돌아가니 어쩐지 이상한 기분이 들었다.

"뭔가 이상한 기분이야."

"뭐가?"

"……무슨 일인가요?"

"오래전부터, 계속 이렇게 함께 있었던 기분이야."

다시 생각해 보면, 아직 한 달도 채 되지 않은 관계였다. 그게 어째서인지 일 년 정도는 같이 지낸 느낌이었다. 그만큼 편안하게 녹아들어 있었다.

두 사람과 함께 있는 시간이 길게 느껴진다는 건 아니다.

오히려 함께 있으면 시간이 훌쩍 지나갔다. 하지만 함께한 시간의 만족감은, 아마도 거의 1년 치에 달한 것 같다. 일에 쫓기기만 했던 나날에서는 느끼지 못했던 충족감.

단지 살기 위해서 살아갔던 날들과의 차이. 내일은 무엇을 할까 생각하며, 끝나지 않은 내일을 꿈꾸는 느낌과 닮아있다.

"비유하자면, 음, 초등학생 때, 방학이 언제까지고 끝나지 않을 것 같은 느낌."

"후후, 뭐야 그게. 이상해, 하루 씨는."

"하지만…… 계속 이어지는 여름방학이라니…… 좋네요."

"그러게. 여름방학이 계속 이어진다면, 그게 최고지."

"계속 이어지는 여름방학. 니트족?"

"그거야. 지주나 건물주가 돼서 임대 수입으로 돈을 벌면 되는 건가?"

"저기…… 갑자기 그런 현실적인 얘기는…… 그만할까요?"

그런 잡담을 나누면서, 나와 아야노와 시오리는 집으로 돌아갔다.

아사가야역 앞 도보 7분.

나 혼자 살기엔 너무 넓은 1DK.

익숙한 현관문을 오늘은 셋이서 함께 열었다.

○ 에필로그

알코올이 들어가면 잠이 온다.

그 말대로, 집에 돌아온 하루후미는 양치질만 마치고 그대로 소파에 드러누웠다. 정말 졸린 것인지 상어 군에게 머리를 파묻은 채 금방이라도 잠에 들 것 같은 모습이었다.

"하루 씨, 목욕은 어떻게 할 거야?"

"내일 아침 달리기 전에 샤워만 할 거야……."

"앗…… 그럼, 목욕물, 빼놓을게요……?"

"으응…… 부탁해."

"진짜 자는구나. 술 마시면."

두 동거인의 목소리를 마지막으로, 하루후미의 의식은 흐려졌다.

달콤하게 내려앉은 눈꺼풀 위로 오늘 보았던 광경이 마구잡이로 떠올랐다 사라졌다. 즐겁게 웃고, 맛있게 먹고, 애틋하게 미소 지었던, 두 사람만을 비추었던, 뮤직비디오 같은 기억.

알코올이 보여주는 현실과 꿈 사이에서 하루후미는 꾸벅꾸벅 졸고 있었다.

욕실에서 샤워 소리가 틈을 두고 두 번 들려왔다.

쏴, 하고 물이 흐르는 소리. 꾹, 하고 마개가 닫히는 소리.

욕조에서 물이 빠지는 소리. 속삭이는 듯한 두 사람의 소리.

달칵, 하는 소리와 함께 눈꺼풀 너머가 어두워진 것이 느껴졌다.

희미한 불빛조차 꺼지고, 침실 문이 열리는 소리.

냉장고가 낮게 윙윙거리는 소리만이 잠든 1DK에 울려 퍼졌다.

동거인들도 잠이 든 모양이다.

시간이 흘렀다. 그래도 아직 새벽 두 시 정도의 시간.

하루후미는 갈증을 느꼈다.

물을 마시러 가고 싶다 생각하면서도, 기분 좋은 수마를 떨쳐

내기 어려웠다.

그때였다.

──쪽.

부드러운 무언가가 하루후미의 입술에 닿았다.

희미한 온기와 말랑한 감촉.

키스라는 것을 알고, 하루후미의 손끝이 굳었다.

눈을 뜨면 상대방의 얼굴이 보인다.

그래야 할 터인데, 뜨인 눈 위로 누군가의 손바닥이 덮여 있

었다.

무슨 말을 해야 할까. 누군지 물어야 하나.

그렇게 망설이던 하루후미의 입술 위로, 다시 한번 작은 한숨

소리와 함께 상대의 입술이 겹쳐졌다.

"웃…….”

마음만 먹으면 강제로 밀칠 수도, 손을 잡고 떼어놓을 수도 있

었다.

하지만 부드럽게 밀어붙이는 입술을 막을 수가 없었다.

들키고 싶지 않아서, 보이고 싶지 않아서 올린 손바닥을.

비겁하지만, 간절한 입맞춤을.

억지로 뗄 수가 없었다.

억누르지 못한 연모와, 지금을 유지하고 싶다는 겁에 질린 바람.

하루후미는 어느 것이 옳은 것인지 알 수 없었다.

그 사이에도 한 번 더, 천천히 입술이 닿아왔다.

주저하면서도, 강하게 다가온다.

계속 이대로 있고 싶다. 그렇게 바랐던 어느 한쪽이, 다른 한쪽을 배신하는 키스.

현상 유지를 바라면서도 이런 행복이 언제까지 지속될 수 없다는 것을 알고 있다. 시간의 흐름이, 멈추는 걸 허락하지 않는다는 것을 누구나 알고 있듯이.

지금 이대로 있고 싶다.

변하게 된다면, 자신을 봐주었으면 좋겠다.

두 가지의 비틀린 생각.

간절한 마음이 그녀의 뺨을 타고 하루후미의 뺨으로 흘러내렸다.

하루후미는 손을 들어 그녀의 눈가에 맺힌 눈물을 닦아냈다.

손끝이 닿은 순간, 그녀는 흠칫 몸을 떨더니 마지막으로 또 한 번 키스를 했다. 걷잡을 수 없는, 멈출 수 없는, 망설임을 잊은 듯한 키스를. 강한 입맞춤을.

상대방의 입술이 닿았다가 떨어졌다.

눈꺼풀을 누르고 있는 손바닥이 가늘게 떨리고 있었다. "보지 말아줘"라고 비는 것처럼 조용히, 천천히 떨어졌다. 하루후미는 눈을 감고 있었다.

냉장고가 낮게 윙윙거리는 소리. 작게 옷이 스치는 소리.

──쿵. 하고 문이 닫히는 소리.

하루후미가 몸을 일으켰을 때, 거실엔 그의 모습밖에 없었다.

심장의 울림이 귀 안쪽에서 쿵쿵 시끄러웠다.

하루후미는 갈증조차 순간 잊었다.

자신을 향한 강하고 정열적인 마음에, 온몸이 맥박치고 있었다.

—— 조용히
움직이기 시작한,
저마다의 관계.

제 ② 권 기대해주세요

후기

쇼텐 좀비입니다. 『역도보』의 후기이므로 이 글을 썼을 때의 창작 비화 같은 것을 전해드리려고 합니다. 이하 편=편집자님, 좀=쇼텐 좀비.

편 "쇼텐 씨. 요즘 젊은 사람들은 춘리*를 몰라요."
좀 "농담이죠?"
편 "참고로 『카드캡터 체리』도 젊은 사람들한테 별로 통하지 않아요."
좀 "농담이죠?"

오랜 시간 오타쿠로 지내다 보면 약간 오래된 추억의 작품 이야기도 쉽게 꺼내고는 하지만, 요즘 젊은 사람들도 춘리는 알고 있겠지. 아무리 그래도 격투게임에서 제일 유명한 여성 캐릭터잖아, 춘리를 모르면 격투 게임 캐릭터 누굴 알고 있어요? 엑, 격투 게임을 애초에 별로 안 해요? 이런 식의 대화를 하고 있었습니다. 참고로, 아무리 그래도 CLAMP**라고요. 안 통할 리가 없잖아요, 라는 말도 했습니다. 좀비, 나이 먹었을지도 모릅니다.

쇼텐 좀비

*격투 게임《스트리트 파이터》에 등장하는 인물.
**《카드캡터 체리》의 작가.

EKI TOHO 7HUN 1DK, JD, JK TSUKI, Vol.01
ⓒ2021 Shoten Zombie
First published in Japan in 2021 by OVERLAP, Inc.
Korean translation rights reserved by Somy Media, Inc.
Under the license from OVERLAP, Inc., Tokyo JAPAN

역 도보 7분 1DK, 여대생, 여고생 포함. 1

2022년 01월 15일 1판 1쇄 발행

저　　　　자	쇼텐 좀비
일 러 스 트	유즈하
옮 긴 이	이소정
발 행 인	유재옥
본 부 장	조병권
담 당 편 집	박치우
편 집 1 팀	이준환 김혜연 박소연
편 집 2 팀	정영길 조찬희 박치우
편 집 3 팀	오준영 곽혜민 이해빈
디 자 인	김보라 박민솔
라 이 츠	한주원 이승희
디 지 털	박상섭 이성호 최서윤 김지연
발 행 처	(주)소미미디어
등 록	제2015-000008호
주 소	서울시 마포구 토정로 222, 403호(신수동, 한국출판콘텐츠센터)
판 매	㈜소미미디어
제 작 처	코리아피앤피
영 업	박종욱
마 케 팅	한민지 최정연 김보미
물 류	허석용 백철기
전 화	편집부 (070)4164-3962, 3963 기획실 (02)567-3388
	판매 및 마케팅 (070)4165-668 Fax (02)322-7665

ISBN 979-11-384-0630-7 (04830)
ISBN 979-11-384-0629-1 (세트)